KB120986

우파 아버지를 부탁해

우파 아버지를
부탁해   김봄 에세이

사랑하는 나의 아버지께

선명한 문제의식으로 그려낸
돌봄과 의료 현장의 모순

《우파 아버지를 부탁해》의 추천사를 부탁받았을 때 영광
스러우면서도 의아했다. 베스트셀러 작가의 책에 내 추천
사가 의미가 있을까. 어쨌든 기쁜 마음으로 수락했다.

원고를 다 읽는 데 오랜 시간이 걸리지 않았다. 저자
의 글은 영화 장면처럼 선명했다. 좌파 딸과 우파 부모, 서
로 다른 남매들의 모습이 눈에 선하게 그려졌다. 읽는 내
내 풉 하고 웃기도 했고, 세밀한 날에 마음을 다치기도 했
다. '아! 저 마음이 나만의 것은 아니었구나!' 하며 안도하
기도 했다. 병석에 누운 아버지를 돌보는 저자의 시선이
글을 읽는 내내 안타까웠다. 아니 에르노의 소설 《나는 나
의 밤을 떠나지 않는다》의 주인공을 연상하게 했다.

그렇게 몰입해 읽다가 정신이 번쩍 들 정도로 놀란 것
은 내가 밥벌이로 했던 일 이야기가 나오면서부터였다.

저자는 책의 상당 부분을 아버지의 투병 과정에서 맞닥뜨린 개인적 경험에 할애했다. 저자의 경험은 한국 의료와 복지의 문제를 교과서처럼 정확하게 짚어냈다. 간병과 돌봄으로 인한 부담, 환자를 중심에 놓지 않는 의료 제공 체계, 의료의 질, 병원 감염, 문재인 케어의 의미, 비효율, 요양병원 서비스 수준…. 저자가 겪고 묘사한 일들은, 내가 지난해까지 17년 간 몸담았던 기관이 살펴야 할 업무였다. 중요했지만 개선하기 어려운 일들이었다. '쉽게 해결하기 어려운 문제'라고도 하지만 너무나 많은 한국인이 고통받고 있는 문제다. 저자가 제시한 정책 대안은 정확하고 핵심을 찔렀다. 인간관계부터 사회 정책까지 두루 조망한 저자의 통찰과 묘사 또한 날카로웠다.

비로소 내가 이 책의 추천사를 쓰게 된 인연의 의미를 깨달았다. 30년 가까이 의료 정책 분야에서 일한 전문가로서 저자가 마주했을 불합리에 깊은 책임감을 느끼라는 뜻이었지 않을까. 묘사의 해상도가 너무 높아 아프기도 했지만, 새로운 통찰을 얻었다. 저자에게 감사한다.

김선민
전 근로복지공단 태백병원 직업환경의학과장,
전 건강보험심사평가원장

가족이라는 집단과 사회 제도를 관통하는
슬픔의 방정식

슬픔이 사랑을 잇는 가장 건강한 열쇠라고 말해도 될까? 이런 이야기를 망설이게 되는 까닭은 혹시 돌아올지 모를 누군가의 신랄한 조소 혹은 자조에 있다. 마음과 소망을, 가족과 국가를, 나아가 자기 자신마저 이토록 쉽게 비웃어버리는 지금 이 세상을 향해 "우파 아버지를 부탁해"라고 속삭이는 것은 얼마나 두려운 일인가. 그러나 이 책은 이해타산에 따른 사회적 피로와 혐오주의가 만연한 시대의 조롱 속에서 이제는 의미가 바랜 '연민'이라는 오래된 힘을 다그치지 않고, 호소하지 않고, 제 스스로 부드럽게 행사한다. 우파이며 노인이며 환자인 아버지는 연민의 눈으로 보았을 때 세상 어디에도 설 자리가 사라지고 있는 나의 가족이다. 그럼에도 여전히 사랑을 말하고 사랑을 원하는 내가 가진 가장 강대한 사랑의 원천이다. 아버지의 병구완은 거기서 그치지 않고 가족 구성원들과의 곪은 갈등, 제도적 보호와 제제에서 벗어난 의료 체계의 사각, 돌봄 노동 현장의 실질적인 폐해, 고령화 사회가 맞이한 적나라한 공포를 아프게 헤집는다. 차마 외면하지 못하는 찬찬한 눈길이 개인을 넘어 사회와 제도와 시대를 관통한다. 고통과 수치로 가득한 삶을 울면서도 뚜벅뚜벅 걸어가는 단 한 사람이 어느새 우리를 이해시킨다. 결국 사람 곁에는 쿨하게 비웃는 사람이 아니라 뜨겁게 펑펑 우는 사람이 필요하다는 것을.

마음의 내부를 깊이 들여다보는 이, 사연의 내막까지 아프게 감각하는 이, 그러한 고통을 자신의 내장 속에 기꺼이 간직하는 이라면 그는 슬픔을 아는 사람이다.

우다영
《그러나 누군가는 더 검은 밤을 원한다》 작가

차례

프롤로그

첫 에세이 《좌파 고양이를 부탁해》를 내고 3년 반이 훌쩍 지났다. '극우에 가까운 엄마 손 여사와 진보적 사고를 하는 딸 김 작가의 좌충우돌 공생기'는 내게 많은 변화를 가져다주었다.

　나는 단지 작가가 되고자 했을 뿐, 내가 쓴 글이 책이 되어 어떤 경로나 유통과정을 거쳐 독자들에게 확산되는지 구체적으로 가늠해보지 않았더랬다. 그래서 '베스트셀러'라는 타이틀이 기뻤던 만큼 꽤나 당혹스러웠다.

　물론 책이 세상에 나온 직후부터 행운이 찾아든 것은 아니었다. 출간하고 한두 달은 마음만 분주했다. 나는 매일 우체국을 오가며 어딘가로 책을 보냈고, 책 때문에 사람을 만나 밥을 먹고 술을 마셨다. 실낱같은 인연을 핑계삼아 낯 두껍게도 여러 군데에 보도자료를 보내기도 했다. 소설가 우다영이 언젠가 내게 했던 말, "언니, 이제 책은 작가가 파는 거예요"를 떠올리며, 더 많은 독자에게 책이 퍼져나갈 수 있도록 애썼다. 노력의 결과가 언제나 값진 성과로 돌아오지 않는다는 걸 잘 알고 있었기에 되돌아오는 상황이 어떠하든 상관없다고 생각했고, 그저 내가 할 수 있는 일들을 해내면 된다고 스스로를 다독였다.

하지만 매일 수천, 수만 권의 신간이 쏟아지는 현실 앞에서 내 책은 생각보다 더 쉽게 뒤처지는 듯 보였고, 나는 그보다 더 쉽게 지쳐갔다. 그렇게 차츰 내 몸 중심에 쌓여가던 무력감이 출판 시장의 현실 장벽을 뚫고 전진할 의욕까지 꺾어버릴 즈음, 정말이지 기적 같은 일이 일어났다.

긴 추석 연휴 첫날 〈다스뵈이다〉에서 유시민 작가님의 추천 책으로 언급된 이후, 내 책은 날개를 달고 세상 곳곳으로 팔려나갔다. 그런데 책을 새로 찍고 주문된 물량을 배송하는 데에는 많은 시간이 필요했다. 전에 없이 긴 연휴 기간 때문에 이 모든 일은 더디게 이어졌다. 연휴 첫날에 방송을 보고 주문했던 독자들이 혹여 기다리다 지쳐 주문을 취소하면 어쩌나 싶어 출판사나 나나 행복한 비명을 지르면서도 초조해하긴 마찬가지였다. 제발, 주문해주신 독자분들을 온전히 찾아가 안착하기를 간절하게 빌면서 그해 10월을 보냈다.

얼마 후 오프라인 서점 곳곳에 내 책 전용 부스가 만들

우파 아버지를 부탁해

어졌다는 소식이 들려왔다. 나는 서점 곳곳을 돌며 다시 오지 못할 여행지에 온 사람처럼 베스트셀러 코너 제일 위 칸에 배치된 내 책 앞에서 인증 사진을 찍었다.

비록 한 달여 동안이었지만 온라인과 오프라인 서점에서 에세이 부문에서 베스트셀러로 자리를 지켰고 상당 기간 1위를 유지하기도 했다. 초판 1쇄를 넘기기 어려운 출판 현실 속에서 31쇄라는 놀라운 기록도 경험했다. 그건 정수리에 긴장이 빡 들어가게 하는 각성이었고, 저릿하면서도 아찔했다. 동시에 금세 부서질 꿈이라는 걸 알고 있어서인지 두려웠다.

코로나19 시국이라 북토크 같은 출간 기념행사가 많지 않았다. 그런 가운데 나는 소모임 중심으로 독자와의 만남을 이어갔다. 대학로 전통주 전문점 '두두'에서 진행하는 낮술 낭독회를 통해 독자들을 만나기 시작하여 관악구청 독서클럽 회원들과 '줌'으로 만나 에세이 안과 밖 이야기를 나누기도 했고, 팬데믹 때문에 한 번 연기되었던 제주 강연도 무사히 마쳤다. 제주에 살고 있던 고교 동창이 소식을 듣고 다 큰 딸과 함께 그 자리에 찾아와주었는데, 거의 25년 만에 만나는 것이었다.

실제로 독자들을 만나 이야기를 들어보면 다들 부모 세대와 정치적 갈등을 겪고 있는 듯했다. 살면서 켜켜이 쌓인 감정들이 시커멓게 마음속 깊이 가라앉아 있는데 정치적 이견까지도 서로 좁혀지지 않으니 선거철이 돌아올 때마다 감정풀이를 하게 된다고 했다. 이제는 너무 나이를 먹어 계도조차 할 수 없는 나 같은 자식을 둔 부모들 역시 속 답답한 일이 많은 듯했다.

내 또래 독자들은 나를 만나면 자신의 어머니를 여사님으로 호칭하며 부모와의 정치적 갈등이 너무 견디기 힘들었는데 책을 읽고 나서 그걸 좀 더 가볍고 유쾌하게 받아들이게 되었다고 했다. 반대로 이제는 자식이 무엇을 하더라도 말리지 않을 거라고, 처음 만난 내 손을 잡고 다짐 아닌 다짐을 건네는 중장년층 독자들도 있었다.

물론 소수였지만 '좌파'가 들어간 제목을 문제 삼는 독자를 만난 적도 있었다. 독서 동아리에서 함께 읽고자 추천했지만 '좌파'라는 제목 때문에 극렬히 반대하는 이들이 있어서 함께 읽지 못했다는 이야기를 듣기도 했다. 또, "고양이는 건드리지 마라!"라며 고양이에 정치적 성향을 부여한 것에 분노한 애묘인들을 만나기도 했다. 하지만 대부분 정치와 무관하게 자신들의 이야기를 들려주셨다. 그래서 내가 책 이야기를 하기보다 독자들의 이야기를 듣는 청자로 위치할 때가 많았는데 일방적으로 소통하지 않는 북토크라 더 좋았다. 에세이가 가지고 있는 확장성이 그러하니 더 뜻깊게 다가왔다.

우파 아버지를 부탁해

나는 우리 시대가 안고 있는 극단적인 감정들을 경계하다 못해 두려워하는 편이다. 대화를 거절하고 수많은 다층적인 감정선들을 무력화하는 이 과잉이, 문학을 읽는 행위가 줄어드는 것과 무관하지 않다고 판단하고 있다. 감정 교육을 기저에 두고 에듀테인먼트^{Edutainment}로서의 스토리텔링을 연구하고 있기에 더욱더 그렇다.

작금의 우리 사회에는 원한이나 복수심, 이른바 르상티망^{Ressentiment}과 같은 좌절감을 바탕으로 만들어낸 적대감이 지나치게 팽배해 있다. 그 어느 시대보다 막강해진 소셜 미디어의 영향으로 시원^{始原}을 잃은 적개심은 끊임없이 확대 재생산되고, 그로써 인간끼리의 상호작용은 요원한 일이 되고 있다. 나아가 굴욕감이나 좌절감이 기저에 있다는 이유로 폭력까지도 정당화하는 분위기가 조성되기도 하는데, 이런 야만의 악순환을 당연한 응전이라고 합리화하는 무리들이 우리 시대에 너무 많다는 데 나는 늘 개탄하고 있다. 무엇보다도 가장 큰 문제는 정치가 그것을 선동해 헤게모니를 획득한다는 것이다.

나는 에세이를 쓰면서 내가 두려워하고 경계하는 것을 나만의 방식으로 풀어보고 싶었다. 그래서 표면적으로는 나의 반려묘들을 '부탁하는' 이야기지만 '츤데레' 같은 고양이의 습성을 지닌 나를 내세워 위 세대에게 우리 세대를 부탁하는 이야기를 쓰게 되었다. 반감과 거부와 배제,

그리고 적대적인 공격성을 거둬들이고 다르지만 그럭저럭 어울려 살아가고 있는 우리의 이야기를 하고 싶었다. 여성, 젠더, 캥거루 자녀, 노후, 돌봄과 양육, 부동산, 세대 간 정치적 갈등 등과 관련해 엄마와 나 사이에 걸쳐 있는 수많은 논쟁거리가 결코 우리만의 이야기는 아니었기에 조심스럽지만, 솔직하게 터놓을 수 있었다.

《좌파 고양이를 부탁해》를 출간하고 3년 반이 지난 이제는 또 다른 관점에서 이야기를 전개해보고자 한다. 바로 나의 아버지의 이야기이자, 고령 인구 천만 시대에 우리 사회가 안고 있는 이야기다.

지난 3년 반 동안 내 삶에서 가장 큰 부분을 차지한 키워드는 '아버지 병구완'이었다. 《좌파 고양이를 부탁해》가 세상 밖으로 멀리멀리 퍼져나가던 그 시점에 나의 아버지는 뇌경색 진단을 받았고 응급실에 들어간 2020년 12월 11일부터 지금까지 집으로 돌아오지 못하고 계신다. 그날부터 지금까지 나는 아버지의 삶에 전보다 더 적극적으로 개입하게 되었다.

몇 년 전까지만 해도 나는 노인 돌봄에 대한 인식 자체가 없었다. 관련 보도를 접했을 때도 그런 경우가 그렇게 많나, 하고 흘려들었다. 그런데 막상 내 일이 되고 보니, 그 세계가 비로소 보이기 시작했다. 생의 기로에 서서 어쩌면 그분들도 원치 않았을 실버 라이프를 살고 계실지도 모른다는 생각을 하게 되었다. 많은 어르신들이 아버지처럼 어딘가에 붙박여 생의 남은 시간 대부분을 하얀 천장을 올려다보며 계시겠구나 싶어 자주 마음이 쓸쓸해진다.

그래서, 나는 자주 병상에 누워 있는 나를 상상하게 된다. 노년의 나의 모습은 어떠할지, 어떤 환경 속에서 숨 쉬고 있을지 말이다.

우리 사회는 2023년 4반기 남녀 합계 출생률이 0.6명대까지 떨어진 데 반해 65세 이상 인구가 국민 20퍼센트 이상을 차지하며 초고령 사회에 진입하게 되었다. 현실의 돌봄 형태가 양육할 자녀에서 간병해야 할 부모로 이전되고, 많은 사람들이 노인 돌봄 문제를 고민하고 있다. 그래서 요즘은 중장년 셋만 모여도 둘 이상은 간병해야 할 가족 이야기를 꺼낸다. 현재 가계 구조에서 가장 큰 지출 항목이라고 말하는 사람도 보았다. 전보다 더 많은 자식들이 부모의 기저귀 값에 대해 이야기를 하는 시대가 된 것이다.

내가 아버지 병구완 이야기를 하면 많은 분이 나를 '효녀'라고 칭찬해주신다. 남의 집 딸이지만 고맙다 하시면서 커피 쿠폰이나 기프티콘 같은 걸 보내주시기도 한다. 감사하면서도 부끄러웠다. 왜냐하면 살아오면서 나는 단 한 번도 스스로를 효녀라고 생각한 적이 없었기 때문이다. 보는 시각에 따라 차이는 있겠지만, 나는 오히려 그 반대에 가까운 '마이 웨이'의 삶을 살았는데 어느새 결코 원한 적 없던 효녀가 되어 있었다.

　나의 오랜 친구는 스스로를 불효자라 칭하면서 부모를 챙길 수 있는 것 또한 복이라고 나를 추켜세웠다. 하지만 나는 그 "복"을 아주 편안히 받아들이고 있는 것은 아니기에 가끔 누군가를 한없이 원망하고 싶다. 이 돌봄의 센터에 있는 것이 억울해질 때도 있어서 누군가에게 그걸 쏟아내고 싶어지는 것이다. 그래서 지금도 나는 언감생심 얻게 된 효녀 칭호와 불효자 사이에서 자주 길을 잃고 있다.

이제 나는 아버지 병구완을 하면서 느꼈던 다양한 감정과 에피소드들을 좀 더 너른 광장에 쏟아놓으려고 한다.

　《좌파 고양이를 부탁해》가 나를 부모 세대에게 부탁하는 책이었다면, 이번 책은 우리 사회를 이만큼 성장시켰다고 자부하는 당신들을, 나의 우파 아버지를 부탁하는 이야기다. 나의 아버지를 나와 나의 가족에게 간절하게 부탁하는 이야기이다.

그렇다, 부탁하는 마음에 대한 이야기를 하려고 한다.

1부

각자의 온도

세상에서 가장 따뜻한 말

말을 모르던 시절이 지나고 나면 남는 것은 말뿐이다.

— 조르조 아감벤, 《내가 보고 듣고 깨달은 것들》

아버지의 말을 떠올리면, 내 마음은 따끈해진다. 아버지 입에서 튀어나온 말들이 다 따뜻하고 아름다웠던 것은 아니지만, 나에게 도착하는 말들은 모두, 언제나 따뜻하고, 뜨거웠다. 그건 나를 향한 연시聯詩처럼 들리기도, 리듬을 갖춘 노랫말 같기도 했다.

나는 네가 아주 자랑스럽다.
사랑한데이.
고맙다.
니는 최고다.
아부지 내는 니를 믿는다. 그거 알제?

나를 부르는 아버지의 목소리에는 언제나 확신이 넘쳤다.

내가 한번도 품어본 적 없는 내 미래에 대해서도 아버지는 확신했다. 듣기에 귀가 간지럽고 낯부끄러운 말들이었지만 아버지는 언제나 나를 향한 사랑과 존중을 감추지 않았다. 울컥한 습기 먹은 목소리로도 아버지는 최선을 다해 그 마음을 표현했는데, 왠지 모르게 그럴 때의 아버지 목소리는 희미한 희망처럼 들려와 나 또한 먼 미래를 가슴 벅차게 상상하곤 했다. 많은 가정에서 울려 퍼지고 있을 너무 뻔한 사랑의 메아리였지만 그 여운은 배꼽 끝에서부터 차올라 횡격막을 한없이 팽창시키고 정수리 끝까지 찌릿찌릿함을 남기며 옮겨 다녔다.

현실 검증 능력은 사회적, 정서적 지지를 받는 가운데 발현된다고 한다. 지지의 말을 건네주는 단 한 사람만 있으면 어떤 험한 환경 속에서도 중심을 잃지 않고 살 수 있다. 단 한 사람이면 충분하다.

비루한 상황 속에 있었을 때에도 나는 아버지의 따뜻한 말들을 들으며 생기를 되찾았다. 엎드려 울고 있다가도 고개를 들고 하늘을 올려다보았다. 어깨를 쫙 펴 가슴을 열고 세상 밖으로 나갔다. 내게 아버지의 말들은 세상에서 가장 큰 원심력을 가진 자기장이었고 그 어떤 화학적 처치보다 강한 테라피였다. 궁색하고 가난하게 살았지만 아버지는 돈 한 푼 들이지 않고도 나를 심장이 단단하고 남들에게 야무지다는 소리를 듣는 아이로 키웠다. 정

우파 아버지를 부탁해

말이지 나는 어디를 가서도 기죽지 않았고, 찬바람이 들이치는 한데 서 있어도 춥지 않았다. 따뜻한 말들로 뜨거워진 마음은 쉽게 식지 않는 법이니까. 나는 그런 언어가 가진 힘을 믿는다.

지금까지 살아오면서 수많은 존중과 믿음, 그리고 격려를 넘치게 받으며 살아왔다고 생각하지만, 단언컨대 아버지의 간절한 목소리를 넘어서는 것은 만나지 못했다. 그렇게 열기 가득한 확신의 음성을 또 어디서 들을 수 있었겠느냐마는.

하지만, 이제는 더 이상 아버지의 확신에 찬 목소리를 듣지 못한다.

아버지의 초점 잃은 눈동자 속에는 내일에 대한 어떠한 기대도, 확신도 남아 있지 않다. 지금 아버지가 확신할 수 있는 것은, 내가 당신의 딸이라는 절대불변의 사실뿐. 그것만은 분명히 기억하고 있다. 그마저도 없었다면 나는 무너졌을까.

한겨울 마른 나뭇가지처럼 야윈 손가락이 내 손을 움켜쥐며 말한다.

"왔나, 마이 보고 싶었다."

이제는 내가 아버지에게 확신을 보내주어야 하지만,

나는 치미는 감정에 휘둘릴 뿐 어떠한 확신도 할 수가 없다. 아버지가 내 아버지라는 사실 외에는.

나는 아버지의 눈을 바라보고 나와 있었던 시간들을 기억하라고 차근차근 입을 뗀다. 아버지가 내게 했던 것처럼 가장 따뜻하고 뜨거운 온도로 말을 건넨다.

남편은 그런 나를 장하다는 듯 바라본다.

"장모님이 정말 좋아하시겠어."

내가 누군가를 챙기는 걸 원래 잘하기도 하는데 이렇게까지 잘할 줄은 몰랐다. 아이를 낳았다면 정말 감정에 휘둘리지 않고 잘 키웠을 것이다. 그러기엔 너무 늙어버렸지만.

"그러게, 좀 그래야 할 텐데."

손 여사를 생각하니 감정이 식어버린 말이 나와버린다.

아버지를 생각하면 확 올라오는 감정이 손 여사를 생각하면 순식간에 가라앉는다. 요즘 이야기로, 아버지 앞에서는 한없이 F가 되지만 손 여사 앞에서는 극T가 되는 것이다. 그건 두 사람과 함께 쌓아온 각각의 기억과 감정이 판이하기 때문이다.

손 여사는 아버지에 비해 많이 무뚝뚝하고 차가운 편이다. 다정한 말 같은 건 당신이 너무 간지러워 하지 못한다. 아버지한테도 그렇고 다섯 자녀에게도 그랬다. 부모가 뭘 더 해줘야 한다고 생각하지 않았다. 손주들을 봐주는 것도 딱 잘라 거절한 손 여사였다. 자녀들이 결혼할 때도 그다지 관여하지 않았다. 다른 집 엄마와 비교하기라도 하면 손 여사는 더 당당하게 이렇게 말했다.

"하나둘이야?"

그러면 우리는 '그러게 누가 이렇게 많이 낳으라고 했나?' 싶었지만 대놓고 말로 한 사람은 없었다. 억측일 수 있으나, 아마 손 여사는 하나둘만 낳았더라도 똑같이 했을 것이다. 손 여사 자체가 그런 사람이니까.

한번은 이런 일도 있었다. 나는 습작기 7년 동안 여러 번 신문사 신춘문예 최종심에 올랐더랬다. 친구들은 다음 해에는 내가 될 거라며 이미 당선이라도 된 듯이 말을 건넸다. 한 구절이라도 내 글에 대한 문장이 실리면 나는 그 신문을 사가지고 집에 와 최종심에 오르는 게 얼마나 어려운 일인지 신이 나 이야기했다. 하지만 손 여사는 내 완료되지 못한 성취에 대해 이렇게 말했다.

"안 된 거잖아. 다 되고 말해."

틀린 말도 아니라 나는 '입틀막'을 할 수밖에 없었다.

지금 생각해보면 아마 그랬기 때문에 더 방방 뜨지 않고 내 목표를 향해 집중할 수 있지 않았나 싶기도 하다.

아버지와 손 여사의 말에는 언제나 현격한 온도차가

존재했지만, 나는 그걸 다 내게 보내는 따뜻한 말로 수용해왔다. 손 여사만이 할 수 있는 가장 적나라하고 솔직한 이야기는 정말 내게 애정 없이는 할 수 없는 말이기 때문이다. 하지만 손 여사가 보내는 온도에는 아무래도 상응하는 온도로 대하게 된다. 에둘러 말하길 좋아하고 은유를 많이 쓰는 아버지의 말에는 나 역시 더 많은 은유를 찾아 대입해 말하고, 현실을 지나치게 직시해 매서운 말로 나를 화들짝 정신 차리게 하는 손 여사의 말에는 그와 비슷한 온도로 응수한다. 감정은 상호작용을 전제한 것이니까.

이기적인 유전자

리처드 도킨스의 《이기적 유전자》는 무척이나 흥미로운 책이었다. 도킨스는 인간을 유전자의 생존 도구일 뿐이라고 보았는데 인간의 이타적인 행동 역시 자신과 공통된 유전자를 남기기 위한 행동일 뿐 그 이상도 그 이하도 아니라고 적시했다. 하지만 인간은 그 안에서도 문화를 전달하는 '밈'의 능력으로 주체적인 삶을 설계할 수 있는 가능성을 가졌으며, 그 능력으로 지구상의 생명체 중 유일하게 이기적인 유전자에 맞서 반역을 꿈꿀 수 있다고 역설했다. 유전자의 부산물로 태어났지만 인간은 문명과 자유 의지에 따라 그것을 거부할 수 있으며 이타적이 될 수 있다고 말이다. 인간이 아이를 많이 낳는 것은 유전자의 생존에 이익이지만, 인간은 자신의 결정으로 아이를 낳지 않는 것을 선택할 수 있는데, 그런 면에서 인간은 특수한 존재다.

어느덧, 나는 그 특수한 존재가 되어버렸지만, 그렇다고 그 특수함을 일부러 고수해온 것은 아니다. 내가 가지고 있는 부족함을 보완해줄 더 좋은 유전적 기질을 가진 상대방을 만났을 때 출산을 하고 싶었으나, 생각보다 나는 금세 나이를 먹어버렸다.

아버지와 손 여사는 자신들의 유전자 생존을 위해 다섯이나 되는 자식을 낳았다. 나를 제외한 자식 넷, 즉 큰언니, 둘째언니, 남동생, 막내여동생도 총 일곱의 자녀를 낳았다. 유전자 생존 도구로서의 역할을 충분히 하고 있는 셈이다.

아버지는 다섯 자녀 중 특히 나를 편애했다. 자신과 많이 닮았기 때문이다. 손 여사보다 아버지를 훨씬 많이 닮았던 나는 아버지의 편애를 받는 게 왠지 당연하다 생각했다. 나와는 생각이 달랐던 나머지 자매들은 그래서 나를 "이기적"이라 욕했다. 자매들은 아버지의 신뢰를 충분히 받지 못했다고 느꼈고, 그건 아버지를 대하는 태도에서 고스란히 드러났다.

손 여사 역시 아버지를 미워할 때마다 내게도 거리감을 느끼는 것 같았다. 나는 아버지와 아버지의 가족들, 그리고 나까지 한 묶음으로 싸잡아 '종자' 타령을 하는 손 여사의 한탄을 아주 여러 번 들었다. 손 여사는 선택적으로 유전적 요인을 탓하는 편이라 나는 손 여사의 분노에는 크게 반응하지 않았더랬다. 그건 오히려 손 여사를 더욱 화나게 한 점이기도 했다.

아버지는 손 여사처럼 매를 들지 않았다. 손 여사의 혼내는 방식을 늘 반대했다. 손 여사는 역성을 든다며 아버지를 자주 나무랐지만 아버지는 좀처럼 훈육 방식을 바꾸지 않았다. 그래서 다행이었다. 아버지와 손 여사가 나름의 균형을 이루어서.

아버지를 뒷배로 둔 나는 손 여사가 혼을 낼 때에도 별로 두려워하지 않았다. 우리는 하나가 잘못을 하면 모두가 함께 혼이 났는데, 형제들은 손발을 다 비벼가며 죄를 사해 달라고 빌었지만 나는 그냥 처음 손 여사를 대면한 그대로, 무릎을 꿇고 앉은 채 손 여사가 하는 말을 묵묵히 듣고만 있었다. 억울해 눈물을 흘리면서도 소리는 내지 않았다. 잘못한 게 없다고 생각할 때는 끝까지 빌지 않았다. 다리에 쥐가 나서 코끝이 시큰해져도 움직이지 않았다. 그럴 때면 손 여사는 이런 애가 어디서 나왔는지 나의 탄생에 대해 의문을 제기했다. 그런 내가 너무 독해서 자식이지만 무서웠다고 했다. 아무리 보아도 아버지에겐 그렇게까지 독한 구석이 없기 때문이다. 사실, 나도 나 같은 자식을 키우면 좀 무서울 것 같기는 하다.

더 나아가 아버지는 손주들을 대할 때도 편애의 방식을 감추지 못했다. 외손주들을 안을 때면 얼마 되지 않아

허리가 아프니 팔이 아프니 하며 은근슬쩍 내려놓기 바빴
는데, 친손주들을 안을 때는 그 시간이 얼마가 되건 힘 하
나 들지 않는다는 낯빛으로 자신의 성씨를 이어받은 자손
들을 안아주었다. 아버지는 나름 공평하게 안아준다 말하
곤 했지만 눈에 불을 켜고 시간을 재고 있던 우리가 보기
에는 아버지의 '구별 짓기'가 너무나 확연했다.

　그에 비해 손 여사는 모두에게 거리를 두었다. 눈에
넣어도 안 아픈 손주 없고, 애 본 수고 역시 없는 법이라
아예 다른 말이 나오지 않게 모두에게 공평하게 아무것도
하지 않는 것을 선택했다. 오직 나의 고양이 아담과 바라
만 봐줬는데, 그건 내가 손 여사의 노동에 적절한 금전적
보상을 해주었기 때문이다. 손 여사는 로테이션을 돌 듯
자식들과 차례대로 친해졌다 멀어졌다 했다. 그 당시 자
신의 이야기를 잘 들어주는 자식과 연대했고 귓속말을 나
누었다. 지난 3년 동안 나는 아버지를 간병하는 일에 적극
적이지 않은 다른 자매들을 옹호하는 손 여사가 못마땅했
다. 손 여사와 자매들은 자신들 나름대로 또 다른 편애와
구별 짓기를 발현하고 있다고 생각한다.

　자식들에게 도착한 차별이나 불평등은 각기 달랐지만
어쨌거나 아버지와 손 여사는 다섯 자식 사이에서 균형을
맞추려고 했을 것이다. 자식들 역시 자기 방식대로 균형을
맞추고 있으리라 합리화하고 있을 것이고. 완전한 이해에

도달할 수는 없겠지만 나는 모두가 자기 자리에서 어느 정도는 상대방을 이해하려고 했을 것이라고 생각한다.

그 여자는 화가 난다

내가 마야 리 랑그바드를 알게 된 건 오은 시인 덕분이었다. 오 시인은 내가 연출을 맡고 있던 아르코 문학광장 팟캐스트 〈문장의 소리〉에 출연하러 오면서 마야의 책 《그 여자는 화가 난다》 몇 권을 가져와 스태프로 일하던 작가들에게 선물했다. 덴마크로 입양되었던 시인 마야는 시종일관 "화가 난다"는 말로 수렴되는 수많은 사건과 상황을 언급하고 있는데, 내용과 형식 모두 나에게 신선한 자극인 동시에 충격이었다. "여자는 세상에 화가 난다. 여자는 한국에 화가 난다. 여자는 한국의 빈부격차가 크다는 사실에 화가 난다. 여자는 덴마크보다 한국의 빈부격차가 훨씬 크다고 미정에게 말한다. 덴마크에는 한국적 기준의 부와 가난이 존재하지 않는다."

마야는 덴마크로 돌아가기 전 편성준, 윤혜자 작가님

의 성북동 한옥에서 마지막 북토크를 가졌는데, 나는 북토크에 가서 그녀를 만났고, 책도 여러 권 구입해 지인들에게 선물하기도 했다. 학생들에게도 여러 문장을 읽어주었다.

나는 '화'를 생각하면 둘째언니가 떠오른다.

둘째언니의 어린 시절 별명은 '짬보'였다. 울어도 너무 울어서 생긴 별명이다. 안아주고 얼러도 우는 걸 다스리기 어려울 정도였다. 언니를 낳았을 때 우리 집은 특히 더 가난하고 어려워 손 여사는 젖이 잘 돌지 않았다. 그래서 언니는 젖배를 곯았다. 손 여사는 둘째언니와 감정이 격화될 때마다 그때 젖배를 곯아서 그렇다면서 근본적인 원인은 아버지에게 있다고 콕 집어 말하곤 했다.

그에 비해 나는 울지 않는 아기였다. 하루 종일 앉혀놓고 나갔다 와도 그 자리에 그대로 앉아서 조는 아기가 나였다. 눕혀놓으면 눕힌 대로 팔다리를 버둥거리다 잠들곤 했다. 덕분에 내 뒤통수는 심하게 편편해졌다. 또, 언니 때와는 다르게 내가 태어났을 즈음에는 집안 상황이 좀 나아져서 나는 살이 포동포동 오르도록 젖을 먹었다고 했다.

언니를 임신하고 손 여사는 삼겹살이 너무 먹고 싶었으나 그걸 먹지 못한 채 언니를 낳았다. 배 속에서부터 삼겹살을 고파해서 그런지 언니는 중고등학교를 다닐 때도 돼지고기를 좋아했고 쿰쿰하게 냄새가 나는 돼지곱창볶음도 혼자 사다 먹을 정도로 즐겼다. 다른 형제들이 코를 막고 멀어지면 다 어릴 때 먹고 싶은 걸 먹지 못했던 탓이라고 태아 시절의 이야기를 꺼냈다.

자라면서 가끔 언니는 내가 개입할 수 없었던 과거나 그 시절의 환경까지 언급하며 나를 공격하곤 했는데 내가 어쩌지 못한 것들까지 나의 일부로 편입시켜 미워하는 듯했다. 크면서 나는 그게 가끔 억울했다.

두 살 터울이었지만 덩치가 비슷했던 우리는 원피스나 티셔츠를 비슷한 걸 입고 다니기도 해서 이란성 쌍둥이처럼 비치기도 했는데, 서로 달라도 너무 달랐다.

각각 초등학교 4학년, 2학년 때 우리는 함께 수유리에 있는 외삼촌 집에서 여름방학 한 달을 보냈는데, 손 여사가 우리를 데려다놓고 가자마자 언니는 갓난쟁이였던 막내사촌동생을 들쳐 업었다. 밥을 다 먹으면 설거지를 했고, 사촌동생 셋을 돌봤다. 누가 시켜서가 아니었다. 물론 나는 그런 눈치 따위는 보지 않는 아이였다. 밥상에 오른 갈치구이를 젓가락질하기 쉽도록 내 앞으로 끌어당겨 오기도 했는데 외숙모는 그걸 가지고 내 당돌함을 이야기했다. 외숙모는 손 여사에게 실값을 받고 우리에게 조끼를 떠준다고 했는데, 끝까지 떠주지 않았다. 나는 내내 이제나저제나 뜨개질이 시작될까 기다렸지만 방학이 끝나도

우파 아버지를 부탁해

록 실 구경조차 하지 못했다. 나는 거짓말하는 어른은 신뢰하지 않는 편이어서 그 집에 있는 내내 외숙모를 그다지 따르지 않았다.

나는 방학 동안 집에 딸린 뒷마당에서 합판 쪼가리와 금속 조각을 가지고 공작품을 만들거나 동네 간판 가게 아저씨들이 간판에 스텐실로 글자를 새겨 넣는 걸 보며 놀았다. 눈치를 보지 않는 내게 언니는 역시나 이기적이라고 몰아붙였다. 지금도 언니가 그렇게까지 눈치를 봐야 했는지 나는 도저히 이해할 수 없다. 우리는 고작 아이였는데 말이다.

둘째언니는 다른 형제들에 비해 화가 많은 편이었지만 다른 형제들과는 비교도 안 되게 손이 야무졌다. 매사에 무슨 일을 하든 깔끔하게 마무리했다. 아버지와 손 여사는 예민하고 성마른 성격과 깔끔함이 어느 정도 연동된다고 생각했고 그건 금세 고착되었다. 일을 잘하면 칭찬을 듣는 게 아니라 더 많은 일이 생기는 법이라, 언니는 다른 형제들에 비해 집안일을 더 많이 돕게 되었다. 손 여사는 일을 시키고 나면 꼭 뒷손질을 해줘야 하는 나에게는 일을 잘 시키지 않았다. 못하는 게 도움이 되기도 하니 정리 정돈하는 능력은 개발되지 못한 채 나는 어른이 되고 말았다. 책상 위 어지러이 쌓여 있는 책과 노트가 나는 전혀 위험천만해 보이지 않는다. 비겁한 변명이지만, 가끔은 어느 정도 어지러운 것이 안정을 줄 때가 있어서 깨끗하게 정리할 수가 없다.

깔끔함으로 손 여사의 신망을 받던 언니가 손 여사의 눈밖에 난 사건이 있었다. 손 여사는 아버지가 외국에서 사온 유리병에 담긴 랑콤 리퀴드 파운데이션들을 무척이나 아껴 사용했다. 화장대 위에 옹기종기 자리한 랑콤 파운데이션들은 아버지의 사랑의 징표였고, 손 여사에게는 자존심의 산물 같은 것이었다. 그런데 그 아끼는 것을 언니가 깬 이후로, 손 여사는 자주 언니를 힐난했다. 손 여사는 언니의 고의성에 무게를 두고 분노했고, 언니는 손 여사가 자신의 잘못에 비해 훨씬 더 많이 야단쳤다고 생각했다. 화장품 앞에서 부모자식 간의 애착은 그렇게 산산조각이 났고, 손 여사나 언니나 두고두고 그 일을 거론하며 한 치의 양보도 없이 자신들의 피해에 대해서만 이야기했다.

나는 그 일의 목격자였지만, 방관자일 수밖에 없었다. 그리고 어떤 면에서는 손 여사가 언니를 혼낸 것이 당연해 보이기도 했다. 물론 한 번으로 그치지 않고 생각날 때마다 언니를 공격했던 것, 그 일로 언니의 성격을 파괴적이라 예단하고 비판한 것은 손 여사의 큰 잘못이었다.

그럼에도 불구하고 손 여사와 아버지는 언니가 집안일을 도와줄 때 아주 깔끔하게 잘 처리한다고 칭찬하곤

우파 아버지를 부탁해

했는데 그런 긍정으로 말미암아 언니의 파괴적인 성격은 양궁이나 사격을 하기에 적당하다는 논리가 서기까지 했다. 올림픽이나 아시안 게임에서 한국 대표팀이 메달을 걸고 애국가를 따라 부를 때마다 손 여사는 양궁을 시키지 않은 것을 안타까워했다. 일찍 시켰으면 저 브라운관 안에서 애국가를 따라 부르고 있었을 애를, 그만 부모가 무지해 그 시기를 놓쳤다고 말했다. 한 개인의 문제로 본 것이 아니라 국가적 손실로 판단하고 있는 듯 보였다. 언니 말고도 한국 양궁의 미래를 책임질 인재는 충분하다는 말을 보탤 수 없을 정도로 강력한 믿음이었다. 신앙에 투신하는 마음이 이런 게 아닐까. 가능성에 대한 무한한 상상력이 신앙심을 더욱 굳건히 만드는 것일 테니 말이다.

내가 초등학교 다닐 때에는 동네 상가마다 웅변 학원이 있었다. 무슨 정치인 연설하듯이 연단에 서서 자기주장을 말하는 것이 대유행하던 시절이었다. 아버지는 감정 표출이 컸던 언니에게 웅변을 권했다. 언니는 집에서는 자기주장이나 표현이 강했지만 밖에서는 조용한 편이었다. 그런 언니가 연단에 올라 웅변을 하게 되었다.

아버지는 매일 퇴근하고 돌아와 직접 언니를 가르쳤다. 와이셔츠를 입은 채 마루에 걸터앉아 언니와 함께 목소리를 내고 있던 아버지의 모습이 아직도 눈에 선하다.

아버지는 언니와 원고를 같이 쓰고 고쳤고, 소리를 어떻게 내는지 가르쳤다. 어느 문장에서 힘을 주고, 손을 들어서 청중을 리드해야 하는지를 가르쳤다. 매일 신경질을 내느라 높아졌던 언니의 목소리는 정제된 울림이 가득한 톤으로 바뀌었고, 그건 꽤나 호소력이 짙었다.

언니는 웅변대회에 나가서 대상은 타지 못했다. 금상 정도의 상을 탔던 것으로 기억한다.

아버지는 언니를 향해 찬사를 보내며 내내 칭찬했는데 그로써 목마르게 인정받고자 했던 언니의 욕구가 어느 정도 해소되는 듯 보였다. 절대적으로 보았을 때는 여전히 부족했겠지만. 다행히 화가 많은 언니는 그 모든 화를 수용해주는 남편을 만나 호주로 이민을 가서 잘 살고 있다.

나는 언니가 그토록 화가 많아진 건 어린 시절 겪었던 억울함에서 비롯되었다고 생각한다. 그 억울한 상황에서 나는 얄미운 태도를 보태 그 억울함을 한층 가중시켰을 것이다. 그런 생각을 하면 미안해질 때도 있지만, 언니가 내게 쏟아낸 말들을 떠올리면 그런 생각이 쏙 들어간다.

따지고 보면 나도 꽤나 억울한 일이 있다.

나는 아주 어렸을 때 왼쪽 귀의 청력을 잃었다. 그 기억조차 잊고 살았는데, 중학교 1학년 신체검사 때 청력검사를 하다가 왼쪽 귀가 들리지 않는다는 것을 알게 되었

우파 아버지를 부탁해

다. 왼쪽 귀 가까이 시계를 가져다 대도 초침 소리가 들리지 않았다. 눈이 나쁜 애들은 종종 있었지만 귀가 안 들리는 아이는 없었다. 너무 드문 일이라 다들 놀랐고 모두의 얼굴에 앉은 묘한 공포심을 읽은 나 역시 놀랐다. 남들과 다르다는 것만으로도 두려움의 대상이 될 수 있음을 그때 처음 경험했다.

손 여사는 나를 데리고 동네 이비인후과에 가서 귓속을 들여다보았다. 귓속에는 내 약지 손톱만 한 솜이 피에 젖은 채 붙박여 있었는데, 그걸 핀셋으로 끄집어내자니 살점이 떨어지는 듯 아팠다. 손 여사와 간호사가 양 어깨를 붙잡고 있었지만 나도 모르게 계속 엉덩이가 들렸다.

피딱지같이 변해버린 솜뭉치를 보고 나는 그날의 사건을 기억해냈다.

우리 자매는 부모님이 없는 동안 상황극 놀이를 자주 했다. 그날도 나는 언니들과 돌아가며 귀를 파주는 엄마 놀이를 하고 있었다. 우리 아랫집 아줌마는 손 여사와 다르게 부드럽고 시원하게 귀를 파주기로 유명했다. 아줌마의 무릎에 한쪽 귀를 대고 누우면 귀를 파는지도 모르게 잠이 들곤 했다. 언니들은 그걸 해보고 싶었던 것이다.

하지만 귓속의 깊이를 가늠하지 못했던 언니들은 고막까지 귀이개를 집어넣었고 기어이 피를 내고 말았다. 피를 보고 놀란 건 아픈 나보다 언니들이었다. 언니들은 급한 대로 구급상자에 들어 있는 솜을 뜯어 귓속에 밀어 넣었다. 그러고는 내게 오늘의 사건을 절대 발설하지 말라며 신신당부했다. 두 언니가 똑같이 입 가운데에 검지를 세우고 말이다.

나는 언니들과의 비밀을 지켰고 왼쪽 귀의 청력을 잃었다.

청력검사 이후 놀림을 받은 적도 있었지만 놀리는 친구보다 챙겨주는 친구가 더 많았다. 안 들리는 왼쪽 귀보다 너무 잘 들리는 오른쪽 귀가 제 몫 이상으로 역할을 해주어 사는 데 불편함을 느낀 적은 없었다. 왼쪽 귀로 귓속말을 걸어오지만 않으면 말이다.

고등학교 때 한번은 좀 논다 하며 어깨에 잔뜩 힘을 주고 다니던 친구가 뒤에서 불렀는데 내가 반응하지 않자 내 의자를 발로 찬 적이 있었다. 놀라 뒤를 돌아보니 친구는 예의 껄렁한 표정으로 나를 보며,

"야, 내 말을 씹어?"

라고 하는 것이었다.

나는 그 친구를 화장실로 데리고 갔다. 그리고 더 큰 소리로 내 왼쪽 귀가 안 들린다고 말했다. 덧붙여 내가 제일 싫어하는 게 바로 앉아 있는 의자를 차는 것이라고 소리쳤다. 친구의 표정이 놀라움에서 미안함으로 바뀌었다.

우파 아버지를 부탁해

곧 전처럼 순한 친구의 얼굴을 하고 사과를 해왔다.

나는 성인이 되고 나서 청력검사를 몇 번이나 다시 했다. 신경세포도 살아 있고 고막도 괜찮다고 하는데 소리가 안 들렸다. 그럴 수 있다고 했다.

보청기도 체험해보았지만, 그게 더 어색했다. 그래서 그냥 왼쪽 귀가 안 들리는 대로 살고 있다. 더 나이가 들면 도움을 받아야 할 때가 오겠지만 아직은 괜찮다. 오른쪽 귀가 보통 이상으로 잘 듣는다고 하니 오른쪽 귀에 의지해서 살기로 했다.

가끔 친구의 오해를 사기도 했고 생활에 불편함을 느낄 때도 있었지만 나는 언니들을 원망하지 않는다. 그런데 언니들이 몹시 미울 때가 있다. 바로 현재의 문제가 해결되지 않을 때다. 자매 간의 우애는 차치하고 부모자식 간의 도리를 잊은 건 아닌지 의심이 들 때다.

팬데믹을 거치면서 우리 가족의 관계에도 많은 변화가 있었다. 아버지 돌봄 현실과 각자의 상황이 맞물리면서 둘째언니와 막내여동생은 전보다 훨씬 멀어져버렸다. 그래서 우리는 지금 자매라는 것도, 가족이라는 것도 잊은 채 각자의 삶을 살고 있다. 둘째언니와 막내여동생이 각자 자신의 삶을 잘 살면 되었다고 생각한다. 나이가 들어 늙는 게 자연스러운 것처럼 형제자매가 멀어지는 것 역시 자연스럽게 받아들이고 있다.

낯선 사람들

아모스 오즈의 단편 〈낯선 사람들〉에는 이런 문장이 나온다. "혹시 상대방이 당신의 사랑에 보답해줄 거라는 희망 없이 누군가를 사랑해본 적 있어요?"

나는 이 문장을 읽을 때마다 나보다 젊은 세대들, 특히 우리 제자들이 떠오른다.

종강을 앞두고 공지사항 게시판에 이런 글을 올렸다.

한 번도 누구의 어미인 적 없었지만, 사랑하는 내 딸들에게
심심하게 종강을 한 후, 여러 가지 생각에 휩싸였습니다.
어쩌면 고작 한 학기, 혹은 두 학기 정도를 알았을지 모를 우리가

내가

여러분에게 이렇게 과한 인사를 하는 것이

어쩌면 불편하고 어색한 일인지 모르겠습니다만,

나는 나의 진심을 담아,

졸업을 목전에 둔 여러분에게

나의 문장으로 제대로 된 인사를 전하고자 합니다.

사랑하는 나의 딸들아,

그대들이 어디를 가든,

어깨를 쫙 펴고 다니길 바란다.

무엇을 하든, 스스로에게 가장 행복한 일을 찾길 바
란다.

너희의 발끝이 닿는 모든 곳을

모든 일을

나는 늘,

가슴 벅차게 응원할 것이다.

사람을 잊지 말길 바라고

사람을 잃지 않길 바란다.

누군가에게 마음을 건다는 것이

진정으로 감정이 쓰이는 일이라는 것을

자주 느끼면서 많은 사람에게 여운을 남기는

그런 인생이길 바란다.

나는, 나의 사랑하는 딸들에게
이렇게 나의 마음을 건다.

건강하자!

몇 년 전, 1학년 학생의 엄마 나이가 내 나이와 같다는 말을 들은 후부터 나는 우리 학생들을 진짜 딸처럼 생각하게 되었다. 딸들이라고 말하고 나니 정말 딸들이 생긴 것 같아 그렇게 대하게 되었다. 딸을 키워본 적은 없으나 정말 딸처럼 사랑한다.

게시글이 등록되고 학생 A에게서 메일이 왔다. "봄샘과 술 한잔하는 것이 소원이었어요. 그런데 이렇게 졸업을 하게 되네요"라는 내용이었다. 코로나19 시국도 그렇지만 요즘 학교에서 '관계'라는 걸 생각하기가 쉽지가 않다. 수업을 듣고 헤어지면 그 시간도, 그 시간과 연관된 기억도 삭제되는 건 아닌가 싶은, 그렇게 느끼는 경우가 종종 있다. 대학에서의 수업이, 그것도 문학 수업이 이렇게 경직된 분위기에서 흘러가도 되는 것인가. 우리는 무엇보다도 인간을 고민해야 하는데 말이다. 물론 고민과 고민을 행동으로 옮기는 것 사이에는 무한한 거리가 있음을

우파 아버지를 부탁해

나는 잘 알고 있다.

아무튼 내가 뭐 얼마나 대단한 사람이라고 이걸 못 들어주겠나 싶어 당시 4학년 학생들에게 회식을 제안했다.

대학로에 있는 친구 민우의 전통주 전문점 두두에서 우리는 막걸리를 나눠 마셨다. 민우는 내가 제자들을 얼마나 아끼는지 잘 알고 있던 터라 내가 좋아하는 '복순도가'를 친히 서비스로 내주며 인사를 건네기도 했다.

강의실을 벗어나니 우리 딸들은 내가 알던 것보다 훨씬 수다쟁이였고 웃음쟁이였다. 자신들의 글을 합평하던 때와 다르게 자신들의 일상을 하나씩 내보였다. 그런 소소한 이야기들을 나누는 것만으로도 웃음이 끊이질 않았다. 생각해보면, 학생들이 나와 놀아주어 고마운 시간이었다.

혜화역 2번 출구 앞에서 서로 몇 번이나 부둥켜안았는지 모른다. 만나서 첫 인사도 한참 길게 나누었는데 헤어질 때도 또 한참 걸렸다. 눈이 많이 왔던 날이었고 빙판에 혹여나 미끄러질까 서로를 걱정하면서 우리는 헤어졌다. 나는 버스정류장으로, 사는 곳이 달랐던 세 학생은 지하철역으로 내려갔다. 나는 A가 기분 좋게 취기가 오른 터라 나머지 두 학생에게 A가 내리는 데까지만 같이 가달라고 부탁했다.

그런데 버스를 타고 돌아오는 길에 방금 헤어진 B에게서 전화가 왔다. 취기가 오른 A가 지금 자신들을 버리고 어디론가 뛰어갔다고 말이다. 마치 탈출한 것처럼 말이다. 그때 전화기 너머로 왁자한 소리가 넘어왔다. 나는 지체하지 않고 바로 버스에서 내려 지하철을 타러 갔다.

내가 충무로역에 도착했을 때 학생들은 정복 입은 경찰관 두 명과 함께였다. 나는 벤치에 홀로 앉은 소동의 주인공 A를 향해 달려갔다.

"괜찮아? 무슨 일이 있었던 거니?"

"제가 교수님 정말 좋아했던 거 아시죠? 그런데 저한테 왜 그러셨어요?"

A는 진정 억울한 눈빛으로 울먹였다.

'내가? 뭐를?'

입안에서 말이 맴돌았지만 발화되지 않았다. 기가 차면 성대는 소리를 잃는다.

나는 한 걸음 더 A 앞으로 나섰지만 다가가지 못했다. 경찰이 팔로 내 앞을 가로막았기 때문이다.

"누구시죠?"

나는 내 신분과 학생들과의 관계를 이야기했다. 내 신상 정보가 경찰의 손바닥 수첩에 깨알 같은 글씨로 기록되는 걸 보면서 만감이 교차했다. 어디서부터 잘못된 거지?

"저 학생이 안 보고 싶다고 합니다."

"네? 저를요? 확실해요? 방금까지도 같이 있었는데요."

나는 우리가 귀밑까지 입이 벌어지게 웃고 있는 사진

우파 아버지를 부탁해

들을 내보이며, 오늘, 그것도 좀 전에 찍었던 사진이라고 말해주었다. 정황 증거를 다 확인하고도 경찰은 내 말을 마땅찮아했다. '이건 또 뭐지?'

몇 걸음 떨어져 있던 B와 C가 나와 눈이 마주치자 달려와 와락 안겨 울었다. 얼마나 놀랐을지 생각하니 너무 미안했다. 내가 데려다주고 갈 것을 잘못했다, 잘못했다, 그렇게 말하며 B와 C를 달랬다.

그때 A가 화장실에 간다고 했고, 나는 그 뒤를 따라갔다. 좀 더 이야기를 나눠야 한다고 생각했다. 내가 움직이자 경찰관들과 다른 학생들도 뒤를 따랐다. 경찰관은 곧 A의 친구들이 데리러 올 거라고 말해주었다. A는 내가 화장실에 따라 들어가자 나가라고까지 했다. 적잖이 당황했지만 분명 그럴 만한 이유가 있을 것이라 생각했다. 나는 무엇보다도 그 이유를 알고 싶었다.

30분 정도 지났을까. A는 자신을 데리러 온 일행과 떠났고 나는 나머지 두 학생과 인사를 나누고 헤어졌다. 그리고 헤어지기 직전에 소동의 전말을 알게 되었다.

"이런 일이 좀 있긴 한데요. 저 학생은 선생님이 자기를 전도하려고 했다더라고요."

너무 당황하면 반문할 기회도 놓치고 만다.

경찰관 말로는 내가 어떤 종교 단체의 팀장이며, A를 전도하려고 오늘 두 학생을 이용해서 조직적으로 접근한

것으로 생각했단다. 나는 머릿속이 순간 아득해져 말을
잇지 못하고 서 있었다.

　가끔 절에 가서 절을 하고, 성당 앞을 지날 때는 신의
가호를 빌고, 교회에 가지 않아도 찬송가 몇 곡은 처음부
터 끝까지 완창할 수 있는 나는, 샤먼의 얼굴을 닮았다는
소리 또한 자주 듣곤 한다. 나는 이 세계를 장악하고 있는
어떤 신의 존재는 믿고 있으나 그게 유일신일지 다른 얼
굴들을 가졌을지에 대해 아직도 탐구 중인데, 그 신들보
다는 내 마음의 평정이 나를 쉬게 한다고 믿는 사람이다.

　그런 내가 새로운 세상을 만드는 종교 단체의 팀장?
소원을 들어준 것이 종교적인 화답으로 느껴졌다면 할 말
이 없긴 하다만.

다음 날 이야기를 나눠보니 A가 그렇게 생각한 데에는 몇
가지 이유가 있었다. 이십대 중반이었던 A는 그동안 살아
오면서 이유 없는 친절을 받아본 적이 없다고 했다. 그런
데 그날은 같은 자리에 있던 언니들도 너무 친절한 데다
가게 분위기도 너무 좋았고, 사장님도 계속 서비스를 갖
다주시고, 선생님은 더할 나위 없이 멋진 술자리를 베풀
어주시니, 이 모든 건 자신을 낚기 위한 목적이 없고서는
가능하지 않은 일이라 생각했다는 것이다. 술자리 도중에
약간 그런 의심이 들었는데, 나와 헤어지고 언니들과 지

하철역 계단을 내려갈 때 확신으로 굳어졌다고 했다. 두 언니가 양팔을 부축한 것은 취기가 올라 혹시 미끄러질까 봐 잡아주기 위해서였지만, 그런 관계들이 낯설었던 A는 순간 겁을 집어먹었다. 그때 불현듯 언젠가 인터넷 커뮤니티 게시판에서 본 포교 방법이 떠올랐다고 했다. 4명이 한 조가 되어서 세상에 다시 없을 정도의 친절을 베풀어 주다가 하나가 빠지면 둘이 적극적으로 유인해 집단생활을 하는 곳으로 데려간다는 글이었단다. 언니들이 부축을 하기 위해 양팔에 팔을 걸었을 때부터는 도망칠 생각밖에 나지 않았다고 했다. 나는 A에게 나중에 이 이야기로 소설을 좀 써야겠다고 농담을 던졌다. A는 지난밤에 대한 사과와 함께 실명으로 써도 된다고 말을 받았다.

A의 말을 다 듣고 나니 오해가 풀려 다행이다 싶으면서도 마음이 너무나도 쓸쓸해졌다. 우리가 얼마나 상호작용 없는 시간을 지냈으면 이런 오해가 생기나 싶었다. 동시에 우리 학생들이 너무 측은했다. 내가 그 나이 때는 앞뒤좌우 위아래 사람들이 많았다. 아무 대가 없이 주고받는 마음들과 사물들이 많았고, 조금 넘치거나 부족해도 그걸 지적하거나 타박하지 않았다. 넘치고 부족한 것들을 덜어내고 채우느라 또다시 관계를 이어가면 됐으니 말이다. 그런데 지금은 절대 손해도 이익도 보지 않는 오로지 0으로만 수렴되는 관계에 갇혀 사는 것 같다. 그게 합리

적이다 못해 안전하다고 믿고 있다.

나는 이 일화를 그다음 학기 수업 시간에 3학년 학생들에게 들려주며 내 다짐을 이야기했다. 이건 상호작용에 대한 면역력이 약해서 생긴 일이다. 순수한 의미로 선의를 베푸는 관계를 경험해보지 못해서 생긴 일이다. 나는 그런 면역력이 생길 때까지, 너희가 원한다면 응할 것이다, 라고 말이다.

네가 뭔데 그러느냐고 묻는다면, 나는 그렇게 주고받으며 살았으니, 최소한 나에게 도착한 인연들과는 그런 상호작용을 하면서 살고 싶기 때문이라고 말할 것이다. 그게 또 어른의 얼굴 중 하나라고 생각하기 때문이다.

우파 아버지를 부탁해

독자의 발견 1

작가를 만드는 것은 '독자'다. 작가를 작가답게 만들고, 작가로서 존재를 확정시키는 것 또한 독자이기에 작가의 탄생은 독자의 발견에서부터 시작될 수밖에 없는 연쇄 구조를 갖는다.

《어떤 글이 살아남는가》에서 우치다 다쓰루는 작가는 가상의 독자를 상정하고 글을 쓴다고 말했다. 글이 완성되기 전, 글을 쓰는 단계에서 작가의 언어 표현에 반응할 수 있는 구체적인 독자의 이미지가 이미 작가 안에 있다고 보았다.

《세계의 문학》 신인상을 받으며 소설가로 등단했고 영화와 애니메이션 시나리오 작가로도 활동해왔지만 에세이를 쓰기 전까지 나는 세상 어딘가에 존재하고 있을 '독자'를 막연히 상상하며 지내는, 알려지지 않은 작가였다. 애초에 유명한 작가를 꿈꾼 게 아니었기에 금전적 보상이 적어도 글 쓰는 삶을 살게 된 것만으로 내 삶은 전보다 더 활기에 넘쳤더랬다.

언젠가 《문학사상》에 발표한 단편 〈아오리를 먹는 오후〉를 읽은 독자를 술집에서 우연히 만난 적이 있다. 바에 앉아 혼자 잔술을 먹고 있었는데, 바로 옆자리에서 혼자 술을 마시고 있던 사람과 말이 오가다 책 이야기까지 가게 되었다. 내가 작가라는 것을 밝히기 전에 그분이 얼마 전 읽었다면서 내 소설을 언급해 소름이 돋았다. 문학 전공자가 아닌데도 문학 잡지를 찾아 읽는 사람을 만나다니! 그것도 내 소설을 읽은 사람을! 술에 취하지 않을 수가 없었다. 독자님을 실물로 영접한 순간이었으니까. 그것도 애독자님을.

동료 작가 아무개는 아침에 일어나면 제일 먼저 인터넷 포털에서 자신의 이름을 검색하는 '에고서칭Egosearching'을 한다고 한다. 밤사이 독자들이 남겨놓은 여러 감상을 읽고 하루를 시작하면 종일 작업을 하는 마음을 다잡게 된다고 말이다.

나도 막 등단했을 때와 첫 소설집이 나왔을 때 몇 번 내 이름과 소설 제목을 검색해본 적이 있다. 그리 많은 정보가 있었던 건 아니지만 단편 〈아오리를 먹는 오후〉가 어느 대학에서 필사 교재로 쓰였다는 것도 알게 되었고, 등단 때부터 내가 발표했던 소설들을 찾아 읽었다는 독자의 글을 발견하기도 했다. 마지막으로 읽은 리뷰는 다소 과잉된 언어로 작가인 나를 힐난하는 글이었다.

모든 독자를 만족시키기 위해 글을 쓴 것도 아니었고, 내가 만들어낸 세계가 의도대로 읽힐 수 없다는 것도 잘 알고 있었다. 수많은 엔터테인먼트가 넘쳐나는 시대에 친히 내 글을 읽어준 것만으로도 감사해야 했으나, 나는 그렇게 '쿨내' 진동하는 사람은 못 되었다. 날 선 글자들은 내게 어느 정도 내상을 남겼다.

상처 입는 걸 두려워하지 않는 사람은 별로 없을 것이다. 내 성격이 괄괄하다고 해서, 나이를 더 먹었다고 해서 비판에 무뎌지는 것이 아니다. 사람마다 상처받지 않기 위해 하는 행동은 다 다를 테지만, 나는 겁먹지 않기 위해 '우선 정지' 버튼을 누른다. 잠시 만나지 않고, 읽지 않고, 굳이 찾아다니지 않는다. 나 나름대로는 얼마간 결계를 치는 것이다. 부정적인 상황에 내 감정을 분할하지 않고 집중해야 할 또 다른 일과 대상에 에너지를 쏟는다.

에고서칭은 그렇게 일단락되었다.

내가 다시 에고서칭을 하게 된 것은 2020년 10월이 되어서였다.

모두 다른 여사님

국군의 날 전일부터 시작된 긴 추석 연휴. 〈다스뵈이다〉 연휴 특별 방송에 유시민 작가님이 출연해 긴 연휴를 잘 보내는 방법으로 책 세 권을 소개했다. 그중 첫 번째가 《좌파 고양이를 부탁해》였다.

휴대폰을 주머니에 넣고 한참 동네 산책을 다니다 돌아왔는데 별안간 너무 많은 연락이 와 있었다. "유시민 작가님이 지금 좌파 고양이 소개 중", "〈다스뵈이다〉 시청!" 등의 짧은 문자부터 방송을 캡처한 사진들까지 가득했다. "코로나19 속에서 닷새나 되는 추석 연휴를 보내는 방법으로 가장 값싼 엔터테인먼트인 책을 추천하신 유시민 작가님"이란 제목을 달고 내 책을 소개한 부분만 편집해 보내준 이도 있었다. 이건 또 뭐지 싶었고 어안이 벙벙했다.

"사상이 다른 가족끼리 어떻게 지내야 하지, 그런 고민을 하고 있는 가족들이 많은데, 가령 태극기 부모와 빨갱이 딸이나 아들, 이렇게 되면 굉장히 고달픈데, 이럴 때《좌파 고양이를 부탁해》를 읽으면 슬며시 웃음이 나오면서 아주 유쾌한 마음으로 가족이라는 관계에 대해 생각하게 됩니다. 40대의〈다스뵈이다〉를 즐겨봄 직한 딸과 딸 몰래 태극기 집회에 감 직한 70대의 어머니 사이에 생긴, 가족 간의 이야기들인데요, 프랑스에 있는 친구 집에 가기 위해 키우고 있던 고양이 두 마리를 엄마한테 부탁하는 이야기예요."

다정하게 책 소개를 해주는 유시민 작가님. 옆에서 듣고 있던 김어준 총수가 곱슬머리를 뒤로 넘겨가며 맞장구를 친다.

"진보적인 딸이 태극기 부대 엄마한테 고양이를 부탁해야 하니까 아양을 떨어야 하는 상황이구나."

"태극기 집회에 나간다는 이야기는 없지만 그럼 직한 말씀들을 하시는 어머니예요. 근데 되게 밝아요. 그리고 아, 내가 이 입장이라면, 우리 부모님이 저런 분이라면 나도 이렇게 하면 좋을 것 같다, 라는. 읽고 나면 기분이 유쾌해져요. 금년에 읽었던 책 중에 제일 괜찮았던 책 세 권을 소개하는 거예요."

"기분이 상쾌했구나."

"네, 유쾌해져요. 읽다 보면 자기도 모르게 입꼬리가 슬며시 올라가게 돼요. 웃기고, 슬프고, 약간 감동적이고 그런 이야기들이 있어요."

유시민 작가님의 한쪽 입꼬리가 빙긋 올라간다. 그러자 김어준 총수가 자신의 기억을 보탠다.

"내가 2012년에 주진우하고 파리 가서 있을 때 우리 아버지한테 전화했더니 빨리 들어와서 감옥 가 이 새끼야, 이거랑 비슷한 관계구나."

한바탕 웃음이 이어지고 나서 다시 유시민 작가님이 말을 잇는다.

"보통은 부모가 자식을 낳았으면 좋은 부모가 되어야만 한다, 이런 건 누구나 인정하잖아요. 그런데 자녀들한테도 부모가 어떤가 상관없이 좋은 자녀, 딸아들이 되어야 할 의무가 또 있다고 봐요."

김어준 총수도 그렇다고 동의한다.

"그런 생각을 깨우치게 해주는 책이에요."

3분 남짓 되는 영상을 나는 보고 또 보았다.

유시민 작가님이라는 빅 마우스 덕분에 내 책은 생각지도 못한 바이럴 마케팅 효과를 보게 되었다. 다음 날부터 온라인, 오프라인 할 것 없이 양쪽에서 엄청난 속도로 책 주문이 밀려들어왔다.

　이미 인터넷상에 내 책과 관련된 기사들이 좀 있었는데, 출판사 보도자료를 그대로 실은 곳도 있었지만, 책을 읽고 새로운 관점으로 기사를 써서 내준 곳도 여러 곳이었다. 그리고 유시민 작가님이 책 소개를 해준 뒤에는 보도자료와는 다른 내용의 새로운 기사들이 나오기 시작했다. 〈디지틀조선일보〉에서는 내가 우파 손 여사의 돈으로 책을 사 읽고 학원에 다녔다는 부분을 부각해 기사를 내기도 했다. 그 외에도 매체의 논조에 따라 책 제목과 내용을 각양각색으로 해석한 기사들이 게재되었다. '유시민 효과'를 톡톡히 본 것이다.

돌아보면 내 인생에서 아주 짧은 한때였지만, 아침마다 눈을 떠서 새로운 리뷰를 검색해 읽는 재미로 하루를 시작한 시기였다. 유시민 작가님이 좋은 가이드를 주어 내가 표현하고 싶었던 부분들을 독자들이 더 잘 읽어내고 감상했더랬다. 숨은 고수들의 문장에 탄복하며 나 역시 독자로서 행복한 시간을 보냈는데, 대체로 나의 독자님들은 내 글을 당신들의 삶에 빗대서 이야기하기를 즐겼다. 책 내용에 대해 한두 줄 언급한 후 자신의 부모나 자녀들에 대한 이야기를 한참 풀어놓은 글들이 많았다. 모두가 나처럼 어머니를 여사로 칭하며 골이 깊었던 감정들을 이야기했다. 자기화해서 수용해주는 것, 그것이 에세이가 세상을 뚫고 나가는 데 필요한 가장 큰 에너지인데 그런 흐름이 만들어지고 있었다.

독자의 발견 2

모든 게 손 여사와 아담과 바라 덕분이었다. 손 여사에게 는 용돈을, 좌파 고양이 아담과 바라에게는 평소 먹지 못 했던 고급 간식들을 선물했다. 내가 보기에는 큰 차이가 있는 것 같지 않은데 아담과 바라는 새 간식을 너무 좋아 했다. 좋은 건 고양이도 알아볼 줄 안다는 게 신기하면서 도 입맛만 고급으로 바뀌면 안 될 텐데, 집사가 계속 생산 력 좋은 작가로 살아야 할 텐데, 하고 생각했다. 새로운 도 전 과제를 부여받은 듯한 기분이 들었다.

책에 자신이 드러나는 부분은 절대로 쓰지 말아 달라던 손 여사는 며칠에 한 번씩 몇 명의 이름을 메시지로 보내 사인을 해 달라고 했다. 그리고 매번 책값을 받아다 줬다.

"그냥 선물로 줘. 엄마가 주인공이야. 책값으로 밥을 사주든가."

내가 그렇게 말하면 손 여사는 고개를 팩 돌리고 정색을 했다. 손 여사는 지인들에게서 받은 책값이 든 봉투를 건네며 이렇게 말했다.

"책을 왜 가치 없이 주냐?"

너무 당연한 말이어서 대거리를 하지 못했다.

봉투 안에는 궁서체를 닮은 필체로 책을 잘 읽었다는 감상이 빼곡하게 적힌 종이가 담겨 있었다.

나조차 해본 적 없는 성의였다.

내친김에 나는 유시민 작가님이 책 소개를 하는 부분만 편집된 영상을 손 여사에게 보냈다.

손 여사

(유튜브 영상 '속세 츄르를 뒤로하고

냥보살이 된 해탈스님이십니다

| Meet…' 공유)

나

ㅎㅎㅎㅎ

유시민 작가님께서

내 책 추천해주신 영상이야.

손 여사

김어준이는 아무것도 모르고 저질이야.

문자를 받고 놀란 건, 손 여사가 김어준 총수를 알고 있다는 사실이었다. 어쩌면 나보다 손 여사가 한국 현실 정치에 밝을 수도 있다는 생각이 들었다. 물론 한쪽으로 심하게 굽어졌겠지만.

낮술 낭독회

대학로에는 친구 민우가 운영하는 전통주 전문점 두두가 있다. 민우는 대학을 함께 다닌 친구인데, 이제는 형제들보다 왕래가 잦다. 시를 전공한 민우는 시심詩心을 가슴 한가운데 품고 사는 사람이라 누구나 민우를 보면 그 한 편의 시 같은 마음이 인상에 묻어난다는 것을 안다.

민우와 나는 두두에서 한 달에 한 번 '낮술 낭독회'라는 책 읽는 모임을 가졌더랬다. 인심 후한 민우 덕에 참가자들은 막걸리와 안주를 넉넉하게 먹고 마시며 소설과 시, 희곡 등을 읽었다. 한번은 '낮술 상영회'라는 이름을 내걸고 가게에 스크린을 설치해 함께 단편 영화를 보기도 했는데 참가자들의 만족도가 아주 높았다. 민우는 가게를 처음 열었을 당시 '낮술 환영'이라는 입간판을 세워놓고 손님이 오기를 기다렸는데, 대학로 안쪽 후미진 골목을

　　　　　　　　　　우파 아버지를 부탁해

돌다 우연히 발견한 낮술 환영 입간판을 보고 가게 단골이 된 손님이 꽤 되었다. 그렇게 인연을 맺은 손님들은 낮술 낭독회에도 열성적으로 참여하는 일원이 되었다.

2020년 10월의 첫 일요일 정오에 열린 낮술 낭독회에서는 《좌파 고양이를 부탁해》를 함께 읽기로 예정되어 있었다. 내가 진행하는데 내 책을 스스로 선정하는 게 어색하기도 해서 몇 해째 행사를 이어오면서도 내 책을 읽을 생각은 하지 않았다. 하지만 《좌파 고양이를 부탁해》는 시대에 대한 이야기를 나눌 수 있는 책이기도 해서 10월에 함께 읽기로 한 것이었다.

낭독회가 있기 이틀 전 〈다스뵈이다〉에 소개된 덕분에 나와 민우를 비롯해 낭독회에 모인 사람들 모두가 들떠 있었다. "이런 게 방송의 힘이구나" 하면서 한참 방송 이야기를 나눴다. 각 집의 여사님들에 대해서는 물론, 보수 아버지에 대한 토로도 이어갔다. 이번 연휴에 또 한 번 정치적인 이야기를 나눌 텐데 어쩌나 싶다고 걱정을 하기도 했다. 그러면서도 유시민 작가님이 그랬던 것처럼 유쾌하게 말을 이었고 입꼬리가 슬며시 올라가는 경험을 나누었다.

우리는 책의 몇 꼭지를 함께 나눠 읽었는데 독자들은 어떻게 가족 이야기를 이렇게 담담하게 서술할 수 있었는지 궁금해했다. 나는 가족 중 누구라도 마음이 상할 만

한 이야기는 물론, 조금이라도 애매한 부분은 덜어냈다고 대답했다. 취사선택은 할 수 있어도 가공하거나 부풀려서는 안 된다고 생각했기에 최대한의 절제를 선택했노라고 말이다. 한 참가자는 다음에는 형제 간의 갈등에 대해서도 좀 다뤄주었으면 한다고 요청했는데, 서로 다른 입장을 가진 상황에서 내가 얼마나 중립적으로 이야기를 쓸 수 있을까 싶어 잠시 고민이 되기도 했다. 쓰게 된다면 나는 형제들을 어떻게 표현할 수 있을까. 모두 각자의 입장이 있을 텐데 하고 말이다.

2시간가량 이어진 낮술 낭독회는 많은 축하와 격려 속에서 마무리되었고, 11월에도 더 행복한 책 읽기를 하자면서 모두 손을 흔들며 헤어졌다. 참가자들은 떠나면서도 내일 날이 밝으면 또 다른 기쁜 소식이 쏟아질 거라며 응원을 아끼지 않았다. 기쁜 일을 함께 기뻐해주는 사람이 얼마나 귀한지 나는 잘 알고 있었기에 깊은 감사를 표했다.

　하지만 이 상황이 감사하면서도 왠지 모르게 마냥 기쁘지만은 않았다. 내가 잘 알지 못하는 영역에서 찾아든 이런 행운에 그만큼의 대가가 기다리고 있을 것만 같았다.

2부

어떤 기나긴 외출

이상한 일

나는 가끔 예지몽 비슷한 걸 꾼다. 그날도 눈물을 흘리며 하릴없이 꿈속을 헤매고 다닌 터라 손 여사에게 전화를 걸어 무슨 일이 없는지 물었다. 아니나 다를까.

"네 아빠가 이상해."

"이상하다"는 표현에 나는 초긴장했다. 어떤 일이 곧 전개될 거라는 불안감이 엄습했기 때문이다. 손 여사가 변화를 감지한 상황이라면, 아니 나에게 변화를 토로할 정도라면 무슨 일이 생긴 게 분명했다. 내가 겪어온 손 여사는 어떤 일이 터지기 직전에야 우리에게 그 사실을 털어놓는 사람이었다. 집 경매가 들어오기 직전처럼, 임박한 상황임을 듣고 나면 그 일을 처리하는 것만으로도 정신이 없기에 왜 그렇게 되었는지를 따져 물을 새가 없다. 악의적으로 생각하면 고도의 전략이 아닌가 싶을 정도로 코앞에 상황이 닥쳐야 사실을 털어놓는 손 여사였다.

손 여사는 잠시 뜸을 들였다.

"뭔데 또?"

"그게 있잖아…."

그때 나는 예감했다. 이제 내 목전까지 닥친 어떤 일을 감당해야 한다는 것을 말이다. 순간 최근 발바닥이 아프다고 말했던 아버지의 목소리가 떠올랐다. 남동생이 정형외과에 데려가 족저 근막염 진단을 받고 약을 받아준 일이 있기도 했다. 그래도 아버지는 여전히 발바닥이 아프다고 했고, 나와 남동생이 병원에 데려가려고 할 때마다 손 여사가 침 좀 맞으면 괜찮아질 거라며 막아섰다. 손 여사가 우길 때는 우리도 답이 없는지라 침이라도 제때 맞히라고 신신당부를 하고 돌아선 게 얼마 전 일이었다.

"씻고 나오다 욕실 앞에서 확 미끄러졌는데, 팔을 다쳤는지 팔이 저리대."

"언제 그랬는데?"

그것도 며칠 전이란다.

"뭐어!"

"침 좀 맞으면 될 거야."

이쯤 되면 손 여사는 반半의사가 아닌가 싶다.

"엄마가 의사도 아닌데, 왜 처방을 해!"

책상 위에서 가만히 통화하는 걸 지켜보던 바라가 꽥

내지른 목소리에 놀라 달아났다.

　나는 잠시 눈을 감았다. 예고 없이 닥친 폭풍우 앞에 선 기분이었다. 손 여사의 대책 없는 확신이 그 순간만큼은 너무나도 나는 공포스러웠다.

　나는 곧바로 남동생에게 전화를 걸었다. 올케가 자기 부모님 때 경험을 떠올리며 뇌경색인 것 같다고 말해주었다. 뇌경색腦梗塞. 살아오면서 한 번도 사용한 적이 없는 낯설고 생경한 단어였다. 혈관이 막혔다면 더 큰일이 생길지도 몰랐다. 무엇보다도 우선 아버지의 정확한 상태를 알아야 했다.

　2020년 12월은 코로나19가 심각해질 대로 심각해진 때였다. 아버지는 큰언니가 근무하는 S 병원으로 가지 못했다. 당시 S 병원은 응급실에서 코로나19 환자가 나오는 바람에 응급실 폐쇄 조치를 내렸고 신규 환자를 받지 않았다. 우리는 다른 대학병원 응급실로 향했지만 바로 입원이 가능한 것도 아니었다. 코로나19 감염증 검사 결과가 나올 때까지 지정된 장소에서 환자와 보호자 1인은 대기해야 했다.

　남동생이 먼저 아버지를 만나 이야기를 나눴고 이어 내가 들어가 아버지를 만났다. 괜찮느냐는 말에 아버지는 괜찮다는 대답 대신 내 책 이야기를 했다.

"내가 너무 재밌어 가지고 세 번이나 읽었다. 참 잘 썼데이."

"팔은 좀 어때?"

나는 아버지가 저리다고 말한 왼팔과 왼다리를 주물렀다.

"괜찮다."

말은 그렇게 했지만 아버지 역시 걱정이 많은 표정을 짓고 있었다.

"곧 괜찮아질 거야. 나 일이 있어서 갔다가 몇 시간 뒤에 돌아올게."

나는 아버지의 왼손을 잡았다. 아버지는 잔뜩 힘을 주고 있는 얼굴이었지만 내 손을 꽉 움켜쥐지 못했다. 금세 난처한 표정을 띤 아버지는 그저 허허 웃기만 했다.

손 여사가 말한 이상한 일은 내가 통제할 수 없는 영역으로 플롯 점프해버린 후였다. 나는 이 서사가 어느 방향으로 이어지게 될지 캄캄했다. 부디 고리타분한 해피엔딩이 되기를, 생각보다 더 빨리 막이 내리기만을 기다릴 뿐이었다.

술 말고 다른 걸 하면 안 돼?

강의를 하러 가는 동안에도 내내 아버지의 막힌 혈관에 대해서 생각했다. 우리가 나눈 선명한 대화를 복기하면서 아버지의 말들을 곱씹었다. 괜히 눈물이 났다. 원래도 눈물이 많은 편이지만 왜 이렇게 아버지의 일에는 짠 눈물이 앞서는지 모르겠다.

예전에 아버지가 감기에 걸려 약을 사오라고 한 적이 있다. 아버지의 쉰 목소리를 듣고 집을 나선 나는 동네 약국에 약을 사러 가면서도 눈물 바람이었다. 아버지가 노쇠해지고 있는 건 자연의 이치인데 아버지의 목이 쉬고 열이 좀 난다는 사실만으로도 엄청난 상실감을 느꼈다. 아버지의 말로 견고해진 내 세계가 그 순간 풀썩 주저앉아 버리는 것 같았다.

나는 눈물을 흘리며 생강, 배, 도라지, 대추 등을 사와 옥탑방의 작은 주방에서 6시간 동안 달여 바싹 졸였다. 그 차를 텀블러 두 개에 담아 아버지에게 전해주며 내가 얼마나 애정과 정성을 쏟았는지 공치사를 늘어놓았다. 하지만 텀블러에는 공치사한 것보다 더 큰 내 마음이 담겨 있었다.

약 덕분인지 내가 달여준 차 덕분인지 아버지는 금세 목소리를 되찾았고 언제 아팠나 싶게 다시 막걸리를 마시기 시작했다. 나도 아버지를 볼 때마다 다시 잔소리를 이어갔다.

"술 말고 다른 걸 좀 하면 안 돼?"

아버지는 답이 없었다.

토바이어스 울프의 단편 〈증언〉에 이런 문장이 있다.

"쉰여덟 살의 예약 담당 직원이 더 이상 키보드를 두드릴 수 없다면 어떻게 되겠는가?"

아버지에게 더 이상 다른 게 없다는 걸 그때는 몰랐다.

유병장수 막걸리

아버지는 경남 창녕 출신 홍준표 대구시장을 "부산사나이"라 말하며 좋아했다. 홍준표 시장이 왜 부산사나이가되었는지는 알 길이 없지만, 아버지에게 부산사나이란'멋진 남자'의 표상인 것만은 확실했다. MB정부 때 아버지는 "나라를 맡겨놨더니 나라 곳간을 다 저들끼리 해쳐먹는다"며 잠시 민주당을 지지한 적도 있었지만 홍준표시장에게만은 한결같았다.

대선 토론회 방송을 볼 때마다 홍준표 당시 대통령후보가 툭툭 던지는 한마디에도 아버지는 크게 환호했는데, 진성 지지자들에게서 볼 법한, 후보와 모습이 같아지는 순간도 가끔 나타났다. 아버지는 홍준표 후보의 말이마음에 들 때마다 히딩크 감독이 어퍼컷을 날리듯 주먹을들어 보이며 좋아했다. 아버지의 세계에서 남자는 홍준표 후보 하나였고, 그 외 후보들은 모두 "쪼다"로 묶였다.

다른 부분에서는 논리적이고 말재간이 좋았던 아버지였지만, 정치 이슈에 관해서는 '아무 말 대잔치'를 해버리고 마니, 나는 아버지와 정치 이야기는 하지 않게 되었다.

말에 센스와 위트가 넘쳤던 아버지는 사람들 앞에 나서서 말하는 걸 좋아했지만 성격은 무척이나 소심한 편이었다. 낯을 가리지는 않았어도 사람들과 섞여 쉬이 친해지지 못했다. 나이가 들면서 아버지는 자주 혼자였고, 건강상의 이유로 일찍 일선에서 물러난 이후로는 줄곧 집에서 혼자 지냈다. 등산복과 등산화를 사줘도 산에 한두 번 가고 말았다. 그러더니 어느 순간부터는 집 밖에 나서는 일이 거의 없이 하루 종일 텔레비전만 보며 지냈다. 아무 일도 하지 않기에 아버지는 너무 젊었지만 세상 어디에도 아버지가 설 수 있는 자리는 없었다.

어쩌면 그때부터 아버지는 자신을 다 잃어버렸는지도 모르겠다. 혼잣말이 늘어갔고, 술에 취하면 시골 큰아버지나 내게 전화를 걸었다. 아버지보다 더 따랐던 형님께 전한 말들을 나는 알지 못한다. 다만 아버지가 내게 했던 말들로 넘겨짚을 뿐이다. 자신이 사랑하는 사람에게는 확실히 사랑한다고 말할 줄 알았던 아버지는 큰아버지에게도 그런 말들을 하셨을 것이다.

노년이 된 아버지의 유일한 친구는 '장수 막걸리'였다.

거의 매일 막걸리를 한 병 이상 마신 것 같다. 빵과 우유를 좋아한 아버지는 막걸리도 우유처럼 마시는 듯했다. 속이 든든해지고 배가 부르다고 했으니까. 취하기 위해 먹는 것 같지 않아 아버지가 그런 이야기를 할 때마다 손 여사에게 아버지를 좀 챙겨주라고 잔소리를 한 적도 있었다.

하지만 나는 이미 집에서 빠져나간 자식이었다. 부부 사이의 문제는 누가 이야기할 수 있는 것이 아니다. 자식들이 모두 빠져나간 집에서 아버지는 아버지대로, 손 여사는 손 여사대로 각자의 방에서, 각각 식사를 하고 잠을 잤다. 가족이라는 묶음보다는 단독자로 사는 것처럼 말이다. 손 여사는 매달 모임을 갖는 친목계만 여럿 들어 있었고, 때마다 만나는 사람도 많았다. 카카오톡도 할 줄 알았고, 유튜브를 보며 시간을 때우는 법도 알았다.

하지만 아버지는 디지털 세상에 대해서는 단 하나도 알지 못했다. 더블 클릭에 실패해 주민자치센터에서 컴퓨터 배우기를 포기한 전력이 있던 아버지가 다룰 수 있는 유일한 전자기계는 텔레비전 리모컨뿐이었다. 자신도 모르게 아버지는 세상 속에서도, 가족 안에서도 고립된 채로 지냈다.

매일의 막걸리는 아버지의 우울한 마음을 얼마간 달래주긴 했지만, 결국에는 여러 질환들로 아버지를 괴롭혔다.

나는 아버지의 삶을 보면서 먹고 마시고, 생각하고 느끼는 것들이 몸에 어떤 지문을 남기는지, 어떻게 기록되어 표출되는지 어느 정도 알게 되었다. 가장 먼저 우울증과 무기력증이 도착했고 뒤이어 위장병이 따라왔다. 간경화가 시작될 거라고 했지만 그런 경고가 무색하게 간은 매 검사 때마다 생각보다 건강했다. 간보다 더 심하게 망가진 것은 아버지의 정신이었고, 혈관들이었다. 경도 고혈압 판정을 받고 약을 타왔지만, 아버지는 혼자서 약을 챙겨 먹지 않은 채 시간을 보냈다. 자식들이 오가며 잔소리를 해도 그때뿐이었다. 상태가 안 좋아질 것 같으면 나는 아버지를 병원에 입원시켰다. 큰언니가 근무하는 S 병원 정신병동에 입원시킨 적도 있고, 일산에 있는 알코올 관련 질병 치료 병원에 입·퇴원을 시킨 것도 여러 번이었다.

그 병원에서는 치료도 하지만 다시 일상으로 돌아가서 가족과 사회 안에서 건강하게 잘 살 수 있도록 여러 활동들을 지원하고 그런 결과를 가족이나 지인들을 초대해 발표하는 시간을 마련해주기도 했다.

발표회 날 아버지는 편지를 낭독한다고 했다. 손 여사는 가지 않겠다고 해서 손 여사를 제외한 우리 가족 모두 병원 강당으로 향했다.

순서가 되자 옷을 갖춰 입은 아버지가 무대에 올랐다. 노래방만 가면 〈신라의 달밤〉 한 곡만 죽어라 부르는, 마

우파 아버지를 부탁해

이크도 필요 없는 그 우렁찬 목소리로 편지를 낭독했다.

편지의 제목은 '사랑하는 당신에게'였다.

안타깝게도 아버지가 사랑하는 당신, 손 여사는 자리에 없었다. 손 여사를 위한 편지를 손 여사만 제외하고 모두 들었다.

아버지는 얼마나 당신을 사랑하는지, 얼마나 사랑받고 싶은지, 얼마나 사랑의 표현을 받고 싶은지를 피력했다. 위트 있는 아버지의 편지를 듣고 있자니 찔끔찔끔 눈물이 났다. 물론 감동도 있었지만 너무 잘 아는 사실이 공표되는 순간 느껴지는 민망함이 밀려들어서였다.

며칠 후 아버지는 퇴원을 했고 소원대로 사랑하는 손 여사와 다시 함께 지냈다.

하지만 그렇게 만천하에 사랑을 고백하던 아버지는 얼마 지나지 않아 한 일주일만이라도 손 여사와 떨어져 있고 싶다고 내게 전화를 걸어왔다. 병원에 입원을 시켜달라고 떼를 쓰듯 요청했다.

나는 그 견딜 수 없는 마음을 어느 정도 이해하고 있었기에 아버지의 요청을 들어주었다. 하지만 역시나 소심한 아버지는 며칠 만에 다시 집에 돌아오고 싶어 했다.

집으로 돌아오는 차 안에서 나는 자식을 훈육하는 엄마처럼 이게 돈이 얼마나 드는 일이며 내 노력과 에너지가 또 얼마나 들었는지 공치사를 해댔다. 또다시 이럴 거라면 그때는 절대 아버지를 데리러 오지 않을 거라고 으름장을 놓기도 했다. 그렇게 말하면서도 나는 그게 절대 지켜지지 않을 것임을 알고 있었다.

만취 케어—극한직업, 엄마

뭐든 힘든 일이 있으면 엄마가 언제나 들어줄 테지만, 의논할 마음이 들지 않을 때는 가장 믿음이 가는 사람한테 털어놓는다 생각하고 여기에 글을 쓰렴.
— 미나토 가나에, 《고백》

우리 가족을 취향별로 나누면 대체로 아버지와 나, 남동생이 한 묶음이 되는 경우가 많다. 아버지, 나, 둘째언니, 남동생은 책을 좋아하는데 그 그룹 속에서도 아버지와 나, 남동생은 술을 즐기는 편이었다. 둘째언니는 옷과 책을 사 모으는 것 외에는 별다른 취미가 없었다. 낯설고 새로운 것에 도전하는 경우도 드물었다. 평생 제대로 해본 첫 번째이자 마지막 화장이 신부 화장이었을 정도로 원체 하지 않는 것에는 아예 손도 대지 않았으니 술과 담배는 더더욱 멀리했다. 큰언니와 막내는 가끔 술도 하는 듯 했지만 그렇다고 우리처럼 즐기지는 않았다.

'술먹파' 안에서도 술을 즐기는 정도는 각각 달랐지만, 술과 술 먹는 사람에 관대한 점은 같았다. 어릴 때는 아버지의 취한 모습을 비정상적이라고 생각한 적이 있었으나 역시나 내가 나이가 들어 머리가 약간 삐딱해질 정도로 종종 취하다 보니, 취하는 사람의 마음을 제일 깊이 이해하게 되었다.

'술안먹파'의 수장인 손 여사는 평생 아버지의 술 먹는 일상을 두고 바가지를 긁어댔고, 아버지는 손 여사의 잔소리를 회피하기 위해 술을 마셨다. 그러면 손 여사는 더더욱 모든 것의 책임을 아버지에게 몰아가는 회피 전략을 썼고, 아버지는 술에 취한 채 심신미약의 상태로 현실을 회피했다. 한 치의 어긋남도 없는 변명과 원망, 외면과 도외시로 점철된 둘의 회피 전략을 우리 형제들은 내내 보며 자랐다.

같은 배에서 나와도 아롱이다롱이인 것처럼 두 사람의 전쟁 같은 다툼에 관한 판단도 각기 달랐는데, 나와 남동생으로 구성된 술먹파는 어느 정도 아버지를 이해하는 구석이 많았고, 술안먹파는 손 여사의 절절한 자기 한탄을 그대로 투사해 '손 여사 미니미' 같은 소리를 자주 읊어대곤 했다. 그리고 아버지와 술먹파를 동일하게 바라보기 시작했다. 그래서인지 나이가 들어가면서 술먹파와 술안먹파는 여전히 평행선을 그리며 가족의 대소사 때만 전략적 제휴를 하는 식으로 접촉하게 되었다.

나와 술안먹파 자매들의 소원해진 사이가 술 때문은 아니지만 돌이켜보면 아주 상관이 없는 것도 아니라는 생각이 든다. 기호식품의 호오나 취향의 차이는 어쩌면 그 사람 전체이기도 하니까. 우리 안에서의 계파 갈등은 당연해 보였다.

나는 어쩌다 술을 알게 되었을까?

중학교 3학년 때였다. 학교에서 간부 수련회를 갔는데, 나는 그때 술이라는 게 뭔지 처음 알게 되었다. 남자애들이 숨겨온 맥주를 한 모금 마신 게 다였지만 얼굴이 확 달아오르고 머릿속이 알알해지는 요상한 경험을 했다.

20대에는 술로 남을 이겨먹는 걸 자랑으로 여긴 때도 있었다. 술 가지고 책을 쓰면 두어 권은 쓸 정도로 많은 에피소드를 가지고 있지만 나는 물론이거니와 해당 사건에 연루된 사람들의 생활 안정을 위해 고이 묻어두려고 한다.

내가 만취해 귀가했던 일화만 풀어보겠다.

성년이 된 후 술먹파 남매는 만취한 상태로 집에 들어간 적이 몇 번 있었다. 그다음 날에는 머리까지 뒤집어쓴 이불 너머에서 혀 차는 소리를 들으며 아침을 맞이하기도 했다.

한번은 친구들에게 이끌려 겨우 집에 돌아와 잠들었는데 아침이 되어도 술이 깨지 않았다. 학교는 가야겠기에 몸을 일으켜 세수를 하는데 화장실 문이 벌컥 열렸다. 손 여사였다. 손 여사의 오른손에는 수건이 한 번 감긴 채 길게 늘어져 있었다.

"공부시켜봐야 다 소용없어! 내가 미친년이지."

딸이 좀 취해 귀가했다고 면전에서 자학 멘트를 날리는 손 여사였다. 그 말이 끝나기 무섭게 수건이 날아들었다. 무슨 권법을 쓴 것처럼 찰싹 소리가 울려 퍼졌다. 아는 사람만 알 것이다. 수건이 얼마나 찰지게 살에 붙었다 떨어지는지를.

손 여사는 거기서 멈추지 않고 다시 한번 수건을 날렸다.

술이 덜 깬 상태인데도 나는 수건을 낚아챘다. 무겁게 눈꺼풀을 밀어 올리면서 손을 뻗었을 때 눈앞의 모든 것이 슬로우로 보이는 듯했다. 순간 내가 취권을 쓴 건가. 나도 당황했지만 수건을 날린 손 여사도 자신의 기술이 맞아 들어가지 않자 적잖이 당황한 기색을 내비쳤다.

"옴마, 이거 안 놔? 안 놔!"

"못 놔."

나는 잡고 있는 수건 끝을 팽팽하게 잡아당겼다. 여기서 수건을 놓치면 또다시 날아들 게 뻔했다. 그리하여 수건 한쪽 끝은 손 여사가, 반대쪽 끝은 내가 잡은 채 우리는 서로를 바라보게 되었다.

"안 놔?"

"아파, 그만해."

나는 수건을 잡은 손을 풀지 않고 아주 작은 목소리로

우파 아버지를 부탁해

대답했다.

손 여사는 기가 차다는 듯 콧방귀를 뀌었다.

우리 둘 사이에 잠시 정적이 흘렀다. 그 짧은 시간 사이에 손 여사는 손 여사대로, 나는 나대로 가장 좋은 모양새로 수건을 내려놓는 방법을 헤아렸다. 마침, 현관문 밖에서 우리 집 개 띵띵이가 짖는 소리가 들렸다.

더 이상은 어쩔 수 없다고 느꼈는지 손 여사는 수건을 내 얼굴을 향해 던져버리고 화장실 문을 닫았다.

"에라이."

나는 손 여사가 그 말 뒤에 붙였을 수많은 비난을 생략해준 것에 감사했다.

이후로 나는 술 먹고 귀가할 때마다 조심하게 되었다. 그런데 조심만 한다고 꼭 다 되는 건 아니었다.

실수 없이 잘 지내던 어느 날이었다. 술을 진탕 마셨지만 전혀 취하지 않은 채 무사히 귀가를 했다. 그런데 욕실에 들어가 몸을 씻다가 뜨거운 물에 술기운이 올라 그대로 쓰러지고 말았다. 거실에 있던 손 여사는 쿵 소리에 놀라 곧장 문을 따고 들어왔고, 나체의 내가 엎어져 있는 걸 발견해 마저 씻기고 옷을 입힌 뒤 이불 위에 눕혔다. 신생아 때나 받았던 케어를 받았던 것이다. 여기서 끝났으면 얼마나 좋았겠느냐마는 나는 이불 위에 눕자마자 구토를 했단다. 욕실에서 방으로 온 기억이 없었던 내게 손 여사가 해준 이야기다. 거짓말 같지만 진짜였다. 엉덩이 바로 위에 시커먼 멍이 남아 있었다. 쓰러질 때 샤워기 수전에 부딪힌 상처였다.

손 여사는 성년이 된 딸을 어릴 때처럼 씻기고 닦이고 입히고 재우기까지 했으니, 모르긴 몰라도 자괴감이 들었을 것이다. 세탁기 앞에 앉은 손 여사는 빨간 대야 안에 고무장갑을 묻고서 이불을 치대며 물었다.

"뭐 힘든 일이 있어?"

드라마에 나오는 엄마처럼, 난생처음으로 그렇게 물었다.

힘들어 술을 먹고 취한 건 아니었기에 수치심이 밀려들었는데, 뭐라 할 변명도 없어서 그냥 주억거렸다. 손 여사는 평소처럼 자학 멘트를 날리지도 않았다. 나를 이해하려고 하는 것인지, 너무 기가 막혀서 갑자기 포용력이 커진 것인지, 나는 그날 아침의 풍경이 너무나 낯설었다.

"아빠 보고도 술이 질리지도 않아?"

손 여사는 자기 말에 리듬을 붙여 엉덩이를 들썩이며 이불을 비벼댔다.

열린 문으로 훤히 보이는 욕실 풍경이 영화처럼 느껴졌다. 욕실 문틀이 프레임처럼 손 여사를 가득 담았다. 손 여사의 목소리, 이불 비비는 소리, 물이 잘박대는 소리가 제법 화음이 맞는 혼성 트리오같이 집 안에 울려 퍼졌다.

우파 아버지를 부탁해

그 소리를 들으며 나는 눈을 감았다.

차라리 맘껏 비난을 했으면 속이라도 편했을 텐데, 하고 생각하며 다시는 술 먹은 걸 들키지 말아야겠다고 다짐을 하고 또 했다.

캐롤 스클레니카의 《레이먼드 카버: 어느 작가의 생》은 레이먼드 카버의 작가로서의 삶을 다룬 책으로, 알코올에 빠졌던 카버가 금주 이후 회복되어가는 과정도 자세히 서술하고 있다. 일상적이면서 절제된 문장으로 단편 소설을 썼던 레이먼드 카버는 알코올 중독 치료와 술 마시기를 거듭한 것으로 널리 알려져 있다. 마침내 심각한 알코올 중독에서 벗어나 스스로를 추스르고 회복해 술을 마시지 않았던 11년 동안 그는 자기 작품과 생활 환경을 바꿀 만한 어려운 결정들을 내렸다. 레이먼드 카버는 마지막 몇 년 동안 자신이 생산적으로 일할 수 있었던 것은 술을 마시지 않았기 때문이라고 말했고, 그 어떤 것보다도 술을 끊었다는 사실을 더 자랑스럽게 여겼다.

나도 지난해 말부터 술을 끊었다. 꽤 오랫동안 술자리와 술 자체를 즐겼던 사람으로서 아쉬움이 없는 것은 아니었지만, 나는 오히려 술에 의지했던 시간들보다 요즘의 시간들을 축복처럼 받아들이고 있다. 전혀 술이 당기지 않는 것을 보면 정말 먹을 만큼 충분히 먹어서인지도 모르겠다. 큰 변화가 생겼는지 묻는다면? 글쎄, 몸이 좀 가벼워지긴 했지만 체중이 줄지는 않았다. 술 말고도 먹는 건 많으니까.

대신 요즘은 아침에 깰 때 얼굴이 붓지 않아서 좋다. 몸이 덜 피곤해서 좋고, 속이 부대끼지 않아서 더 좋다. 그리고 내내 맑은 정신으로 책을 읽고 글을 쓸 수 있어서 너무 좋다. 나도 언젠가는 카버처럼 술을 끊은 것을 살면서 한 일 중 가장 잘한 일이라 말할 때가 있을까.

우파 아버지를 부탁해

처음엔 다 그래

아버지는 응급실을 거쳐 신경과 병동에 입원했다. 미세 신경다발이 터진 것이 원인인데, 그 때문에 왼쪽 편마비 증상을 얻었다. 몸의 반절이 맘대로 움직여지지 않으니 서는 것은 물론 앉는 것 역시 되지 않았다. 화장실에 갈 수 없어서 기저귀를 찰 수밖에 없었다.

첫날은 남동생이 아버지를 돌봤다. 간호사에게 들은 대로 필요한 물품을 준비한 뒤 아버지를 돌보며 기저귀를 갈았다. 다음 날은 월요일이었기에 교대를 해줘야 했는데, 교대할 사람이 나밖에 없었다. 손 여사는 못 하겠다고 처음부터 못을 박았고 큰언니는 출근을 해야 했다. 둘째언니는 호주에 살고 있는데 코로나19 시국이라 오지도 못하는 형편이었다. 막내여동생은 출산을 한 지 얼마 안 되어 움직일 수 없었다.

아버지를 돌보는 건 당연히 해야 할 일이었지만 이번에도 시간을 융통성 있게 활용할 수 있다는 이유로 다들 내가 간병하는 걸 기정사실화하고 있었다. 나는 그 흐름이 조금 불편했다.

전날 코로나19 검사를 했던 나는 음성 판정 문자 메시지를 받고 병원에 들어갔다. 남동생과 교대하면서 가장 크게 걱정한 것은 기저귀를 가는 문제였다. 정말 자신이 없었다.

"나 정말 자신이 없는데…. 어떻게 하냐."

걱정을 하자 남동생은 별일 아니라고 했다.

"그냥 해. 하다 보면 돼."

남동생은 욕창이 생기지 않도록 아버지 몸 밑에 에어쿠션 패드를 깔았다고 알려줬다. 그리고 아버지가 밤새 헛소리를 하는 통에 잠을 자긴 좀 어려울 거라고도 덧붙였다. 나는 동생이 건네준 보호자 목걸이를 걸고 신경과 병동으로 올라갔다.

아버지가 입원한 6인실은 신경과 환자와 재활의학과 환자가 함께 쓰는 병실이었는데, 아버지를 포함해 환자는 4명이었고 각자 간병해주는 사람이 있었다. 아버지를 제외하고 모두 고용된 요양보호사에게 돌봄을 받았다.

아버지는 나를 알아보고 반가워했다. 하지만 병원에 왜 오게 되었는지, 자신의 몸이 왜 그렇게 되었는지는 정확히 기억하지 못하는 것 같았다.

간호사가 와서 소변 양과 가래 양을 체크하라면서 기저귀 무게를 재는 곳은 복도 끝에 있다는 것을 알려주었다.

병실 사람들은 다들 커튼을 젖혀놓고 지냈고 환자의 기저귀를 갈 때만 커튼을 쳤다.

곧 운명의 시간이 다가왔다. 나는 아버지에게 소변을 봤는지 물었다. 아버지는 눈을 마주치지 않고 고개를 끄덕였다. 나는 커튼을 치고 만반의 준비를 했다. 새 기저귀와 비닐장갑, 물티슈와 휴지를 옆에 갖다놓고 아버지의 바지를 천천히 끌어내렸다. 독한 암모니아 향이 확 끼쳐 올라왔다.

첫 기저귀를 갈면서 나도 아버지도 진땀을 뻘뻘 흘렸다. 그 순간만큼은 아버지는 왼쪽 몸만이 아니라 온몸이 마비된 것 같았다.

아버지가 멋쩍게 말했다.

"내가 얼라가 다 됐구나."

그 말을 하면서 아버지는 눈물을 흘리더니 곧 아이처럼 소리를 내며 울었다. 수치심으로 가득한 아버지의 울먹이는 소리에도 나는 묵묵히 기저귀를 갈았다.

기저귀를 다 갈고 나서 아버지의 손을 닦으며 이렇게 말했다.

"걱정 마, 아빠. 내가 있잖아."

아버지는 움켜쥘 수 있는 최대한의 힘으로 내 손을 꼭
잡았다.

두 번째 기저귀를 갈 때부터 나는 기저귀 가는 것을 일로
받아들이게 되었다. 세 번째부터는 원래의 나로 돌아와
아주 재빠르게 손을 놀렸다. 나는 어떻게 하면 더 잘할 수
있는지 궁리했다. 기저귀 밴드를 더 깔끔하게 붙이게 되
었고, 용변이 묻은 기저귀를 단단하고 깨끗하게 돌돌 말
수 있게 되었다.

내가 일로 받아들이자 아버지도 좀 더 편하게 몸을 맡
겼다. 마비되지 않은 오른손을 이용해 침대 난간을 붙잡
고 몸을 세워주었다. 하루에도 몇 번씩 우리는 합이 잘 맞
는 짝꿍처럼 척척 리듬을 만들어나갔다.

우리가 꿀꺽 삼킨 서로의 수치심은 더 이상 우리를 괴
롭히지 않았다.

불현듯 아니 에르노의 《단순한 열정》 속 한 구절이 떠
올랐다. 관계 속에서 시간은 아무 의미가 없으며 단지 존
재 혹은 부재만이 중요할 뿐이라는 문장이었다. 일상 모
든 일에 하나하나 의미를 부여하며 살 수는 없다. 분명한
것만 생각하자. 나 스스로를 다독이며 채근했다.

미라클 모닝

잠들기 전에 한 생각들이 다음 날 아침까지 연결될 때가 종종 있다. 특히 잠이 부족할 때는 더욱더 밤에 품었던 생각들이 아침까지 죽 이어졌다.

밤새 아버지의 혈압기가 내는 규칙적인 음파 소리를 들으며 나는 아버지의 신체 기관들을 떠올렸다. 머릿속의 어떤 혈관이 터져서 왼쪽이 마비된 것인지, 터진 혈관들이 복구가 될 수는 있는지 생각했다. 아버지가 두 다리로 병실을 걸어나가는 상상을 하고 또 했다.

   내가 그런 생각을 하는 와중에도 아버지는 계속해서 누군가를 불러댔다. 맞은편 침대 환자도 누군가를 찾았다. 두 사람 다 아무리 진정을 시켜도 소용이 없었다. 진정될 기미가 보이지 않자 간호사는 먼저 아버지의 침대를 처치실 안으로 끌고 갔고, 등받이가 없는 플라스틱 의자를 내게 내주었다.

간호사는 약을 좀 더 투여할 거라고 하면서 아버지의 이러한 증상이 섬망 때문이라고 알려줬다. 섬망이라는 단어도 뇌경색만큼 어색하고 낯선 단어였다. 익숙하지 않은 말은 언제나 사람의 기를 누른다.

약이 들어가자 아버지는 차츰 진정되었고 곧 길게 숨을 내쉬며 잠에 빠져들었다. 간호사는 다시 아버지의 침대를 병실로 옮겨주었고, 나는 보조 침대 위에 누울 수 있었다. 맞은편 환자도 잠들었는지 조용했다. 어둑한 병실 안에서 다시 의료 장비의 띠띠 소리만 울렸다. 마치 지구를 버리고 화성으로 날아가는 무중력 우주선 안에 있는 기분이었다. 기능을 알 수 없는 통신 장비들이 내는 띠띠 소리에 싸여 멀어지는 지구를 보는 것처럼 현실이 나에게서 저만큼 아득하게 멀어지고 있었다.

다음 날 아침 나는 평생 경험해본 적 없는 '미라클 모닝'을 경험했다. 누가 깨운 것도 아닌데 번쩍 눈이 떠져 몸을 일으켜 세웠다. 새벽 4시 반이었다. 얼마 지나지 않아 발짝 소리가 더 많이 들려왔고 이동식 엑스레이 기계가 병실 안으로 밀려들어왔다.

방사선사는 아버지의 가슴과 복부 사진을 찍고 수레를 끌 듯 다시 기계를 밀고 병실을 나갔다.

하나둘 커튼이 걷히고 요양보호사들이 몸을 일으켰다. 하루를 시작할 채비를 하고는 다시 커튼을 쳤다. 밤사이의 기저귀를 확인하고 새 기저귀로 갈았다.

나도 똑같이 아버지의 몸을 살피고 기저귀를 갈았다. 대야에 따뜻한 물을 받아와서 아버지의 얼굴과 몸을 닦았다. 머리 뒤에 대야를 놓고 가볍게 머리도 감겼다.

"아이, 너무 개운타."

아버지가 이 빠진 입을 벌려 환하게 웃었다. 내 속도 다 개운해지는 것 같았다.

뒷정리를 마치자마자 식사가 배달되었다. 응급실에서부터 연하장애가 의심되어 콧줄을 찬 터라 아버지 앞으로는 '뉴케어 캔'이 하나 나왔다. 나는 남동생에게서 관급식을 어떻게 하는지 대강 들어 알고 있었다. 캔을 뜨거운 물에 담가 따뜻하게 데운 후 피딩 백에 넣고 아버지의 콧줄에 연결하는 것이었다. 중간에 공기가 들어가지 않도록 조심해야 했다.

식사를 정리하고 나서 기저귀를 다시 한번 갈았다. 침대 시트와 기저귀를 정리하고 나니 회진 시간이었다. 아버지의 주치의는 내가 고용된 요양보호사가 아니라 딸이라는 것을 듣고 아버지의 상태에 대해 좀 더 자세히 이야기해주었다.

미세출혈이 시작된 것을 아버지도 느끼셨을 거라고

했다. 좀 더 빨리 병원에 왔더라면 편마비까지는 되지 않았을 거라고도 했다. 나는 골든타임을 놓친 아버지와 손 여사가 너무 원망스러웠지만, 지난 일을 따져 묻는 건 무의미한 일이었다.

회진 시간이 지나자 다른 환자들은 재활치료를 받으러 휠체어를 타고 병실을 빠져 나갔고 병실에는 나와 아버지만 남았다. 마침 창밖으로 눈이 펑펑 내리고 있었다. 아버지와 나는 아무 말 없이 한참 동안 함박눈을 바라봤다.

얼마나 넋을 놓고 봤을까. 다시 아버지를 봤더니 어느새 콧줄을 잡아 뺀 후였다.

"아빠, 벌써 몇 번째야!"

나는 아버지의 오른 손등을 치며 말했다.

콧줄을 다시 꽂는 것은 쉽지 않은 일이었다. 비급여라 비용도 많이 나왔다. 게다가 또다시 아버지가 콧줄을 잡아 뺄 가능성이 있어서 오른손을 손장갑에 넣고 침대 난간에 고정해야 했다. 손이 묶이자 아버지는 계속 몸을 비틀고 손을 빼내려 애썼다. 그래도 되지 않자 화를 냈다가 애원을 했다가 소리를 질렀다. 마음에 자꾸 걸렸지만 어쩔 수가 없었다.

아버지는 저녁 약을 먹고 나니 졸린 듯 눈을 감았다. 그러다가도 일부러 눈에 힘을 주고 깨어 있으려고 안간힘을 썼다.

"아빠 왜 그래?"

하고 묻자 아버지는,

"무습다"

라고 대답했다.

눈을 뜨고 무언가를 보고 있다는 자각만이 당장 당신이 살아 있다는 각성을 줄 테니 그럴 수밖에 없다고 생각했다. 나는 아버지의 어깨를 다독다독 만져주었다.

"아빠, 내가 있잖아. 뭐가 무서워."

그렇게 밤이 저물었다.

첫 주 간병을 하는 동안 나는 매일 새벽 5시 전후에 잠에서 깼다. 나는 아버지보다 일찍 일어났고 조금 더 늦게 잠에 들었다. 병원에 있다는 각성 때문인지 식욕이 일지 않아서 따로 밥을 챙겨 먹지도 않았다. 아버지가 제대로 된 식사를 못 하고 있기 때문이기도 했다.

아버지는 식감을 입으로 느끼기를 좋아하는 사람이었다. 미식가는 아니었지만 양껏 배부르게 먹고자 하는 식탐이 있었다. 그래서 나는 간병을 하는 동안 아버지 앞에서 식사를 하지 않았다. 아침에 바나나 하나를 먹고 '하루견과' 한 봉지로 저녁까지 버텼다. 그렇게 하니 일주일 만에 5킬로그램이 빠졌다. 그렇게 뛰고 굶어도 빠지지 않던 살이 병원에 들어와 빠졌다. 이런 게 진정한 미라클 아닌가 싶었다.

병원이라는 환경과 타인이 주는 긴장감이 내 안에서 올라오는 알 수 없는 불안감보다 훨씬 더 유익하게 작용한 결과였다.

공평할 수 있다는 착각

금요일 오후가 되자 나는 마음이 들뜨기 시작했다. 몇 시간 후면 남동생이 퇴근을 하고 교대해주기로 했기 때문이다. PCR 검사 결과가 있어야만 병실에서 간병할 수 있어서 남동생은 전날 검사를 하러 먼 길을 다녀왔다고 툴툴거렸지만, 퇴근을 하자마자 와서 교대를 해주었다.

나는 아버지에게 남동생과 잘 지내라고 인사를 한 뒤 병실을 빠져나왔다. 병원 입구에 서 있는 동생에게 보호자 목걸이를 넘기고 나오는데 긴장으로 딱딱해져 있던 내 몸에 갑자기 에너지가 돌기 시작했다. 나는 병원 쪽은 돌아보지도 않고 잰걸음으로 달려 버스에 올랐다. 병원을 벗어나는 순간부터 목격되는 모든 것이 도파민과 아드레날린의 분비를 유발하는 듯했다. 터질 것처럼 나대는 심장 위에 손을 얹고 버스가 빨리 달려 얼른 집에 도착하기만을 바랐다.

아담과 바라가 있는 집에 오자마자 목욕을 하고 잠들었다. 미라클 모닝을 하느라 줄였던 잠을 몰아서 잤다. 그런데 자도 자도 풀리지 않는 피로가 어깨 위에 얹혀 있는지 깨고 나서도 피곤함이 가시지 않았다. 병원에 있었을 때보다 더 피로했다.

집에서 하루를 보낸 뒤 다시 선별 검사소를 방문해 PCR 검사를 받았다. 긴 면봉이 콧속을 훅 찌르고 들어왔다. 몇 번을 해도 익숙해지지 않을 불쾌한 통증이었다.

두 번째 일주일은 더 빨리 지나갔다. 세 번째 주를 앞둔 주말 남동생과 다시 교대를 해주면서 나는 더 이상은 시간을 뺄 수 없다고 토로했다. 그렇게 말하면서도 앞으로의 일들이 까마득했다. 나는 다른 형제들이나 손 여사가 교대를 좀 해줄 수 있는지 알아보자고 말을 꺼냈다. 책임과 의무를 공유해야 하는 일이고, 번거롭더라도 나눠서 아버지를 돌볼 수 있을 거라고 생각했다.

그런데 다 같이 대화를 하자고 형제들끼리 있는 단톡방에 언니가 손 여사를 초대했고, 그 방에서 아버지 간병과 병원비 이야기를 나누며 우리는 옥신각신 날을 세웠다. 첫 주 병원비만 3백만 원 넘게 청구된 상황이었고, 요양보호사를 고용할 경우 하루에 최소 10만 원 이상 지불해야 했다. 성인용 기저귀 값도 생각보다 너무 비쌌는데, 그것만 돈이 드는 게 아니었다. 엉덩이에 까는 방수 패드와 물티슈, 비닐장갑과 알코올솜도 준비해야 했다. 나는 그런 항목들을 하나씩 언급하면서 매달 각자 얼마를 각출해야 하는지 말했다. 그러면서 이전에는 어떻게 지나갔든 이번에는 모두가 똑같이 n분의 1로 나눠 내야 한다고 강조했다.

이전에 아버지가 병원에 입원하거나 치아 치료를 할 때도 다른 형제들은 다소 소극적이었다. 각자의 상황이 있고 형편이 다른지라 대부분 나와 남동생이 먼저 나서 해결했다. 큰언니는 거의 같이 맞춰주는 편이었지만 둘째 언니와 막내는 자주 열외였다.

하지만 할 수 있는 게 없다고 선을 긋는 메시지가 핸드폰 창에 뜬 걸 보고 있자니 화가 치밀었다. 참았어야 했는데 나는 욱해서 그럴 거면 관두라고 했다. 몇 번 말이 더 오가면서 우리는 격앙될 대로 격앙되었고, 나는 단톡방에서 나와 버렸다.

자식이 다섯이지만 모두가 공평하게 일을 나누고, 똑같이 마음을 나누는 건 아니었다. 형제들도 아버지를 걱정했겠지만 나와는 우선순위가 달랐다. 손 여사 역시 적극적으로 도와주지 않았다. 서운함과 미움이 교차하는 가운데서도 나는 마음을 다해 아버지를 챙기기로 했다. 아버지를 위해서라기보다는, 이게 의무이기 때문이다. '마땅히 그러한 것'을 하는 것이니 공평하게 역할을 나눌 수 있을 거라고 생각했는데, 전혀 당연하지 않았다. 죄책감은 그 세계 속에 있는 사람에게만 존재하는 감정일 뿐, 그 세계와 물리적 거리를 어느 정도 확보한 상태에서는 느끼기도, 가지기도 힘든 감정일 거라는 생각이 들었다.

손 여사는 자식들이 싸우는 모습을 보고 더 질색팔색했다. 손 여사는 내게 문제가 있다고 몰아갔다. 좀 더 부드럽게 상의할 수 있는데도 너무 딱딱 잘라 말을 한다고 했다.

"그럼 이 상황에서 사실 관계를 밝히는 것만큼 중요한 게 뭔데?"

물론 이렇게 되묻는 말에도 다들 정떨어졌을 것이다.

회한이 몰려들었다. 따지고 보면 아내인 손 여사가 아버지를 돌보면 다 해결될 문제였다. 병원비보다 간병비가 훨씬 더 많이 드니 말이다. 나는 남편이 병원에 있는데 최소한 간병은 할 수 있지 않느냐고 손 여사에게 몰아붙이듯 말했고, 손 여사는 마지못해 다음 날 PCR 검사를 하고 병원에 교대를 해주러 왔다.

나는 손 여사와 헤어지고 나오면서 이게 그나마 우리 가정에서 가장 공평한 그림이라고 생각했다. 적극적으로 간병을 도와주는 남동생을 제외한 나머지 가족을 미워하는 마음을 정당화하기에 공평은 나름 적절해 보였다.

위화의 《허삼관 매혈기》를 보면 허삼관이 일락이가 하소용의 아들이라는 것을 알게 된 이후 이락이와 삼락이를 앉혀두고 다 크면 하소용의 두 딸을 강간하라고 시키는 장면이 나온다. 아무리 그래도 아버지가 자식에게 할 소린가 싶으면서 공평해지기 위해서는 받은 만큼 되돌려주어야 하니, 나름의 복수는 자기합리화를 거친 셈이란 생각이 들었다.

하지만 과연 그럴까.

같은 양의 파이도 먹는 사람의 속도에 따라 다르게 판단되기 마련이라, 같은 시공간 속에서도 공평에 대한 판단은 천양지차일 수밖에 없다. 내가 생각하는 공평과 자매들이 생각하는 공평 또한 다를 것이다. 같은 부모 밑에서 자랐지만 다른 대우를 받으며 자랐다고 생각할 수도 있을 것이다. 그런 기억 퍼즐들이 하나하나 모여 현재의 자신이 완성되었다고 믿을 수도 있을 것이다. 그러니 과거부터 부족했던 것들을 취합해 이야기해보자면 아직도 마이너스를 넘어서지 못했는지도 모른다. 그래서 현재 우리가 당면한 사안에 대해 공평한 분배란 요원한 일인지도 모른다.

뜨개질하는 겨울

파스칼 레네의 《레이스 뜨는 여자》를 읽으면 레이스를 뜨는 자그마한 여인이 떠오른다. 조화와 통일성을 이루면서 이어가는 손놀림에 신성함까지 부여하게 된다. 그녀의 손놀림은 단순한 뜨개질을 넘어 내면을 표상하는 행위로 읽히는데, 어느새 그녀가 내 안으로 옮겨와서 내가 손을 놀려 실을 감고 있는 것만 같다.

핑계 같긴 한데 아버지가 입원한 이후부터 책을 읽지 못했다.

원래 나는 버스 안에서 책 읽는 것을 참 즐기는 편이다. 책장을 덮기 싫어 내릴 정류장을 일부러 지나친 적도 많다. 하지만 2020년 12월부터는 마음을 다잡고 차분히 문장을 따라가기가 힘들었다.

우파 아버지를 부탁해

책도 읽지 못하는데 그냥 멍하니 있는 게 점점 견디기 어려워 뜨개질을 시작했다. 처음에는 헌 니트의 실을 풀어 손을 움직이는 게 다였는데 시간이 지날수록 조금씩 기술을 쓰게 되었다.

내가 처음 손가락에 실을 감은 건 중학교 1학년 때였다. 가정 시간에 목도리를 떴는데 어떤 색 실로 어떻게 떴는지는 기억이 흐릿하다. 그리고 스물여섯이 되던 해에 나는 다시 뜨개바늘을 손에 잡았다.

당시 나는 강남 신사동에서 작은 테이크아웃 전문 카페를 운영했다. 회사를 박차고 나와서 차린 가게였다. 로버트 기요사키의 《부자 아빠 가난한 아빠》를 추천받아 읽고 자영업자가 되기로 결심한 뒤 스무 살 때 아르바이트하면서 배웠던 커피 조제 기술을 활용해 가게를 낸 것이었다.

가게는 그런대로 유지되었지만 손님이 뜸한 시간이 많았다. 피크 시간인 점심시간 직후를 제외하고는 바쁘게 손을 쓸 일이 없었다. 멍하니 공상도 하고, 청소도 하고, 냅킨도 접고, 책도 읽고, 라디오 방송에 사연을 보내 선물도 타며 시간을 보냈지만 역시 무료했다.

내 가게는 강남시장 인근에 자리했는데, 우연히 시장에서 뜨개질을 가르쳐주는 수예점을 발견한 뒤로 틈틈이 수예점에 들러 뜨개질을 배웠다. 그때 나와 함께 뜨개질을 배웠던 수강생은 영화배우 이화란 씨였는데, 가지런한 흰 이가 드러나게 웃어 보일 때마다 잠시 넋을 잃기도 했다.

그때 나는 진회색 양모사를 사서 몇 번이나 친친 감아도 길게 늘어지는 목도리와 꽈배기 꼬임이 들어간 조끼를 떴다. 조끼를 받은 아버지는 몇 번 착용하다가 더는 입지 않았다.

그 조끼는 아직도 내가 가지고 있는데 지금 보니 디자인이 참 올드했다. 20년 전에 뜬 것이니 당연할 수밖에. 입어보니 아버지가 왜 더 입지 않았는지 알 것 같았다. 고무뜨기를 한 밑단이 너무 빡빡해서 입고 벗기가 불편했다. 이런 옷을 몇 번이나 입어준 것만으로도 감사한 일이었다.

첫 주를 병원에서 보내고 집에 왔을 때 옷 박스를 뒤져 안 입는 니트를 추렸다. 보풀이 일어 입지 않는 옷을 해체하면서 내 안에 있던 파괴적인 충동이 해소되는 걸 느꼈다. 그리고 그것이 결국엔 창조적 파괴였노라 생각하게 될 만큼 뭔가를 만들어냈다. 옷 두 벌에서 풀어낸 실을 합쳐서 모자 두 개와 목도리 한 개를 뜬 것이다.

손을 움직이는 도중에 손끝에서 기억이 살아났다. 게이지도, 계획도도 없이 무작정 손과 실을 놀렸는데, 어느 날 문득 겉뜨기와 안뜨기가 떠올랐다. 동네를 지나다 본

우파 아버지를 부탁해

어느 가게에서 메리노 울사를 싸게 팔길래 얼른 업어와 고무뜨기를 섞어 모자와 목도리를 떴다. 역시 새 실이 좋았다.

원래도 손이 무척이나 빠른 편인데 실뜨기의 기초를 기억해낸 후부터는 스스로 보기에도 기계가 된 것처럼 능숙하게 손을 놀렸다. 내 손이 실을 탄 것인지 실이 내 손을 탄 것인지 모를 정도로 말이다. 결과물과는 상관없이 내잰 손놀림에 병실 사람들은 물론 하루에 한두 번 스쳐 지나가는 병원 사람들도 한 마디씩 찬사를 보낼 정도였다.

뭐든 기세라 했던가. 나는 기세를 몰아 다음 단계로 넘어갔다. 둘째 주 내내 아버지가 병원에서 입을 앞 단추로 여미는 조끼와 모자를 떴다. 남동생과 교대를 하고 집으로 돌아가는 버스를 탔을 때에도 뜨개질은 멈추지 않았다. 손으로 뜬 것이 너무나도 명백한 목도리와 모자를 쓴 채 나는 쉬지 않고 손을 움직였다. 나를 한참 지켜보시던 옆자리 할머니가 말을 붙였다.

"거, 직접 뜬 거유?"

그렇다고 답하니,

"어유 얼마나 좋아요. 세상에 하나밖에 없는 걸 가졌으니"라고 하셨다.

나는 연신 움직이던 대바늘을 잠시 멈추고 할머니에게 고개를 숙였다.

손으로 무얼 짓는 행위는 짓는 사람 자체를 다른 에너지로 보이게 하는 것 같다. 집을 짓든, 옷을 짓든, 글을 짓든 말이다.

이제 대바늘만 있으면 뭐든 못할 게 없을 것만 같았다. 나는 다시 바늘을 놀렸다. 금세 밑단 고무뜨기를 끝내고 겉뜨기와 안뜨기를 번갈아 하면서 격자무늬를 만들어 나갔다.

아내의 의무

앤 카슨의 《남편의 아름다움》에 이런 내용이 나온다. 욕
망이 두 배면 사랑이고, 사랑이 두 배면 광기가 된다고. 그
럼 광기가 두 배면? 그게 바로 결혼이란다.

손 여사와 교대를 한 지 몇 시간도 안 되어 전화가 왔
다. 나는 하던 일을 멈추고 곧장 병원으로 달려갔다.

아버지와 손 여사는 부부 싸움 중이었다. 세상 사람들
이 몰랐으면 하는 풍경이었다. 병실 안팎으로부터 시선
이 느껴져 얼굴이 화끈 달아올랐다. 수치심이 일었다. 나
는 혼자일 때는 세상 떳떳하고 당당한데, 왜 이렇게 가족
이라는 묶음으로 읽힐 때는 한없이 부끄러워지는가. 병실
앞에 서 있는 내 자신을, 그 순간만큼은 견딜 수가 없었다.

나는 손 여사의 손을 낚아채고 병실 밖으로 나왔다.

떼어놓았으나 손 여사는 손 여사대로 화를 삭이지 못

했고, 아버지는 아버지대로 계속 씩씩거렸다. 둘 사이에 오갔던 세월의 곰팡이가 잔뜩 핀 잔혹한 말들은 생략한다.

간병은 사실상 불가능했다.

"엄마, 그냥 집으로 가."

내 목소리는 내가 듣기에도 단호하고 차가웠다.

손 여사는 가져왔던 가방을 챙겨 나가면서 자신의 편을 들어주지 않는 나를 원망했고, 억울해했다.

아버지 앞에서 손 여사는 평생 피해자였다. 젊음을 앗아갔고, 부자가 될 기회를 놓치게 했고, 자식을 주렁주렁 낳게 해 주저앉혔으며, 이날 이때까지 고생을 시켰으니 그걸 말로는 다 표현할 길이 없었다. 하지만 아버지 역시 자신을 피해자로, 손 여사를 가해자로 보았다. 좋을 땐 어이없을 정도로 좋다가 틀어졌다 싶을 때는 전생의 인연까지 거론하며 인생을 한탄하는 두 사람. 왜 나이가 들어서도 가해와 피해에 대한 생각을 청산하지 못하는 것일까. 내가 지긋지긋한 것보다 더 지겨울 것 같은데, 아버지와 손 여사는 지치지도 않는 모양이다.

나는 손 여사를 그대로 집으로 보냈다. 그러고는 병원에서 알려준 요양보호사 협회 다섯 곳에 전화를 돌렸다. 최대한 빨리 병원에 올 수 있는 사람으로 보내 달라고 요청했다.

내가 느꼈던 수치심을 내려놓고 형제들에게 오늘의 상황을 아주 간략하게 알렸다. 짧게 압축해서 설명했어도 형제들은 대강 다 파악했을 것이다. 이어 우리가 부담해야할 비용이 더 많아질 거라는 사실도 알렸다. 간병비는 대학병원 입원비만큼, 아니 어쩌면 그보다도 더 많은 비중을 차지할 수 있으니까. 부부 싸움보다 돈 이야기를 하는게 더 어려웠다. 내가 쓸 돈도 아닌데 사정하는 기분이 들었다. 게다가 나는 첫째도 둘째도 아니고 무려 셋째인데 말이다.

손 여사는 아버지가 여러 번 병원에 입원했을 때도 제대로 간병을 해본 적이 없었다. 환자 가족들이 자유롭게 병원에 들어갈 수 있었던 이전에는 다른 환자 가족들과 수다를 떨었고 휴게실에 자주 가 있었다.

아버지의 입속이 마르는 것을 보고도 그냥 두었다. 나는 거즈에 식염수를 묻혀서 자주 입안을 닦아주었다. 손여사의 사보타주가 도통 이해가 되지 않았다. 손 여사에게는 아내의 의무 따윈 없는 것인가. 내가 하니까 안 해도된다고 생각하는 것인가.

사실 나는 손 여사에게 헌신하는 어머니를 요구했는지도 모른다. 희생하는 아내의 모습을 당연하게 요구했는지도 모른다. 생각해보면 그것은 기본 값이 아님에도 불구하고 사회가 여성들에게 요구하고 있는 것을 나도 당연하게 손 여사에게 요구하고 있었다. 내가 그 일의 중심에 있어서 손 여사에게 더욱더 아내의 의무를 강요했던 것 같다.

손 여사를 집에 보내기 전 이렇게 따져 물었다.

"엄마는 아빠가 불쌍하지도 않아? 왜 그렇게 돌볼 생각을 못 해?"

손 여사의 대답은 너무도 간단하고 명료했다.

"나도 나이가 들어서 너무 힘들어."

손 여사는 두 팔을 툭 떨어뜨려 보이며 자신의 연약함을 내보였다. 너무나 바싹 마른 할머니 손 여사였다.

70킬로그램이 넘는 75세의 편마비 남자 환자를, 그것도 살면서 앙금이 아주 많이 쌓인 75세의 43킬로그램 아내가 돌보는 건 내가 생각해도 쉽지 않은 일이었다. 내가 손 여사에게 요구했던 아내의 의무는 손 여사 역시 사지로 모는 과도한 의무였다.

우파 아버지를 부탁해

요양보호사

요즘 내 또래, 혹은 선배들이 모인 자리에 가면 빠지지 않고 나오는 이야기가 있다. 간병, 요양에 대한 이야기다. 부모님 중 한 분 혹은 두 분을 다 요양병원이나 요양원에 보낸 사람들이 많았다. 한 집 걸러 한 명씩 병원 신세를 지고 있는 게 아닌가 싶을 정도로 많은 이가 그와 관련된 이야기들을 털어놓았다. 부모님의 병증을 보고 화들짝 자각해 술 담배를 끊은 사람도 있었다. 우리나라보다 초고령 사회에 먼저 진입한 일본의 예를 들어가며 간병 자살을 운운하는 경우도 있었다. 나도 많은 변화를 겪고 있다. 또 더 많은 변화를 겪을 거라고 예상하고 있다.

얼마 전까지만 해도 나는 나이 들면 요양원에서 생을 마감하겠지, 하고 막연히 생각하곤 했다. 비슷한 노년들끼리 교류하고 소통하는 실버 타운 같은 요양원을 상상해

왔기 때문이다. 하지만 지금은 마음이 많이 바뀌었다. 나는 절대로, 결단코 요양원에서 인생의 끝을 맞이하고 싶지 않다. 내 의식이 언제까지 또렷해 거부할 수 있을지는 모르겠지만 말이다.

내가 이런 생각을 하고 있기 때문에, 나는 아버지를 놓을 수가 없다.

아버지는 중증 환자 중에서 가장 경증인 중증 환자였지만 그래도 중증 환자이기 때문에 보호자 혹은 요양보호사가 24시간 붙어 있어야 했다. 손 여사가 해줬으면 했지만, 앞서 말한 것처럼 불가능한 일이었다.

요양보호사 협회에 전화를 거니 먼저 아버지에 대해 물었다. 성별, 나이, 신장, 몸무게, 인지 능력의 정도, 병증의 중증도 등. 병원 안내문에는 중증도에 따라 금액이 차등 적용된다고 쓰여 있었다. 다섯 곳 모두 안내문에 적힌 조건들을 훨씬 상회하는 것들을 요구했고, 나는 그 요구 사항을 토 달지 않고 들어줘야 했다. 그게 통상적이라고 했다. 그리고 주가 바뀔 때마다 보호자와 요양보호사가 협의를 통해 금액을 책정하라는 게, 협회의 안내였다.

나는 2020년에 고용한 첫 요양보호사에게 하루에 9만 5천 원, 2주에 한 번씩 1일 치 9만 5천 원을 추가 지급하고 일주일이 지날 때마다 돈을 올려주기로 약속했다.

우파 아버지를 부탁해

식사는 햇반을 제공하는 것으로 협의를 봤다. 최저 시급을 고려하면 이 돌봄 노동이 얼마나 극한 노동인지 생각하지 않을 수 없었지만, 영수증 처리도 안 되는 현금 지출이 보호자 입장에서는 부담이 되는 것도 사실이었다.

일이 밀려 있었던 터라 나는 협회에서 요구하는 대로 하기로 했다.

첫 번째 요양보호사는 50대 후반의 중국 동포였다. 코로나19가 막 퍼지기 시작할 때라 그나마 요양보호사 구하기가 수월한 때였다. 그녀는 아버지를 3주간 돌봤는데, 도중에 하루는 유급휴가를 받고 쉬었다. 그녀를 보내고 다시 내가 간병을 했다.

다음 요양보호사부터는 11만 원 아래의 급여로는 구할 수가 없었다. 코로나19가 점점 심해져 중국 동포들이 들어오지 못해 부르는 게 값이 되는 상황이 되고 있었다. 두 번째 중국 동포 요양보호사는 일주일 만에 딸 집에 가야 한다며 일을 그만두었다. 다음 요양보호사는 중국 동포 남자였다. 남자 요양보호사는 내가 제주 출장을 간 사이 일을 그만두고 나가버렸다. 아내가 수술을 한다는 이유에서였다. 내게 말도 없이 자신이 보호자인 양 새로운 요양보호사를 구해놓고 나간 게 도통 납득되지 않았고 황당하기 그지없었다. 아버지 말로는 욕을 하고 함부로 대했다고 하는데, 마지막까지도 이렇게 구니 너무 괘씸해서

돈을 좀 나중에 줄까 생각했지만 틈날 때마다 전화를 해 대는 통에 얼른 이체해주고 말았다.

급히 출장에서 돌아와 아버지를 보러 갔을 때 새 요양보호사는 명절 '떡값'을 요구했다. 첫날부터 돈 이야기를 하니 너무 당황스러워 협회에 전화를 걸었더니, 보통 10만 원을 준다고 했다. 이런 요구가 당연한 것인지 물었다. 돌아온 답은 황당했다.

"그럴 거면 보호자가 직접 환자를 돌보시든지."

화가 났지만 5만 원을 봉투에 담아 요양보호사에게 건넸다. 떡값을 받은 요양보호사는 이틀 뒤 일을 그만두었다. 며느리가 갑자기 아기를 낳았다며 횡설수설했다. 나간다고 짐을 싸고 기다리는 사람을 잡을 수는 없었다.

요양보호사들은 1만 원이라도 더 주는 곳이 있으면 곧바로 옮겨갔다. 보호자의 판단이나 선택은 철저히 무시되는 구조라 가능했다. 요양보호사들은 추가 비용을 요구하는 일이 부지기수였고, 햇반을 넣어주면 흰 쌀밥은 잘 안 넘어간다고 잡곡밥으로 바꿔오라고 요구했다. 더 조건이 좋은 일자리를 발견하면 뒤도 돌아보지 않고 그만둬버렸다.

그 가운데서 나는 아버지를 앞에 두고 돈 흥정을 할 때가 가장 싫었다. 왠지 풀이 죽어 나를 쳐다보는 아버지의 눈망울을 보기 힘들었다. '차라리' 내가 돌보는 것이 가장 속 편하고, 정신이 자유롭다고 느낄 정도였다. 내가 아버지를 직접 돌볼 때가 내 속이 가장 편할 때였고, 아버지의 상태도 가장 안정적이었다. 하지만 다른 방법이 없었다.

나는 내가 쓸 수 있는 최대치의 시간 동안 아버지와 함께했다. 정말 내가 할애할 수 있는 최대치였다. 나도 일을 완전히 포기하면서까지 아버지 간병에 매달릴 수는 없었다. 내가 무너지지 않기 위해서라도 일을 붙잡고 있어야 했다. 하지만 요양보호사를 고용해서 주급을 주고 있는데도, 그 관리 감독을 제대로 할 수 없다는 게 서글프기까지 했다.

면회를 가면 머리가 핑 돌 때가 많았다. 내가 요구하는 기본적인 청결 상태가 유지되는 경우가 별로 없었다. 하지만 가족 아닌 사람을 간병한다는 게 얼마나 어려운 일인지 잘 알고 있기에, 내가 주는 돈이 내 입장에서야 큰돈이지 그들 입장에서는 들어가는 노동력에 비해 터무니없이 적은 돈일 수 있기에 나는 따져 묻지 못했다. 오히려 허리를 접고 잘 부탁한다고 읍소를 했다. 내 인생에서 가장 큰 감정노동을 한 시기가 요양보호사를 직접 고용했던 시기라고 말할 수 있을 정도로 속이 말 그대로 문드러졌다.

요양보호사를 고용하는 동안 이런 일이 끊임없이 반복되었다. 남동생은 유치원에 아이를 맡겼던 것과 비교하면서 아버지를 맡기고 있으니 당연한 것이라고 타일렀다. 내가 느끼는 이 구조적 부조리에 더 이상 반기를 들 수도,

문제를 제기해 고쳐보자고 말할 수도 없다는 식이었다. 울분을 토한다 한들 그게 무슨 소용이 있느냐고 말이다. 현실적으로 우리가 요양보호사의 도움을 받기 위해서는 어느 정도의 부당함은 견뎌야 한다고 말하는 동생을 보고 있자니 우리 사회가 왜 그 많은 문제를 겪으면서도 해결하지 못하고 주저앉게 되는지 생각해보게 되었다. 무기력해져 자포자기의 언어를 쓰게 되면, 그렇게 살게 된다.

병원 안에서 요양보호사가 꼭 필요한 존재라면, 병원에서 어느 정도 이런 상황을 관리 감독해야 하지 않을까, 하는 의문이 떠나지 않았다. 그래야 간병의 질이 일정 수준을 유지할 수 있을 테니까 말이다. 문제가 발생하면 책임 소재를 따져 물을 수 없는 이상한 구조, 바로 병원 내 요양보호사 고용이 그랬다.

　문제를 요양보호사 협회에 이야기를 해도 아무 대책이 없었다. 병원은 병원대로 내가 직접 외부에서 고용한 사람이니 책임이 없다며 이야기를 듣지도 않으려고 했다. 나는 병원에서 안내문을 걸고 중개를 하고 있고, 이 병원에만 요양보호사를 파견하는 업체 때문에 빚어진 일인데, 어떻게 이게 무관한 일인지 물었다. 지금의 이 시스템은 환자를 더 잘 돌보기 위해서 만들어진 것일 텐데, 병원과 협회 간 긴밀한 협조 체제는 없는지 물었다. 그 어디에서

　　　　　　　우파 아버지를 부탁해

도 속 시원한 답을 주지 않았다. 하다 하다 보건복지부에 문의했지만 역시 협회의 일은 보건복지부가 관리 감독할 의무가 없는 일이라며 책임 소재에 대해 선을 그었다. 환자를 돌보는 일인데 주무 관청이 없다는 게 말이 되나 싶었다.

요양보호사를 협회를 통해 관리하는 것도 문제가 많아 보였다. 종사자들에게 개인사업자 자격을 부여하는 것처럼 보이지만 영수증을 발급받을 수 없는 구조라 이 분야의 비용 처리는 음성적으로 될 수밖에 없다. 종사자들을 노동자로 인정하게 되면 최저시급을 보장해야 하는데, 그렇게 되면 보호자의 비용 부담이 가중될 것이고 이 문제는 사회적 문제로 대두될 게 뻔하니 종사자들의 착취를 통해서 지금의 상황을 이어가고 있는 것이다. 종사자들은 어느 정도의 착취를 감수하고 있기에 그에 대한 반대급부로 시장의 유동성을 이용해 노동의 질을 좌지우지하고 있는 것은 아닌지 의문이 들었다.

물론 직접 고용 문제가 병원으로 모두 이관되어 당장 비용이 증가한다면 나도 부담이 클 것이다. 하지만 이러한 문제를 해결하고자 하는 목소리가 더 커진다면 그때에는 사회 차원에서 이 문제를 다루려 하지 않을까 싶다. 그래서 나는 이 문제가 공론화되어야 한다고 생각한다. 환자를 안정적으로 간병할 수 있도록 관리 감독할 기관이 있어야 한다. 이 또한 의료 행위의 한 부분이기 때문이다.

나는 아버지가 병원에 입원한 이후 요양보호사들을 고용하면서 겪은 일들이 가장 충격적이면서도 고통스러웠다. 아무리 생각해도 우리 의료 체계가 환자 중심으로 설계된 것이 아닌 것 같다는 생각을 지울 수가 없었다. 문제가 발생해도 아무도 사과하지 않고, 아무도 책임지지 않았다. 전담 요양보호사를 고용하고, 간호사와 의사가 상시 대기 중인 대학병원에 입원해 있었음에도 불구하고 문제가 발생하면 그에 대해서는 누구도 아는 바가 없었다. 책임 소재를 떠넘기는 게 당연한 모습이 무척이나 실망스러웠다. 모든 것은 이름하여 '보호자'의 전적인 책임이라는 사실을 나는 매번 느끼고 각성할 수밖에 없었다.

우파 아버지를 부탁해

지독한 사랑

앨리스 먼로의 단편 〈곰이 산을 넘어오다〉는 기억에 문제가 생긴 아내 피오나를 요양원에 보낸 그랜트의 시선으로 전개되는 작품이다. 요양원에 들어간 피오나의 오락가락하는 기억 때문에 그랜트는 지난날 피오나에게 안겼던 여러 일들을 곱씹게 된다. 소설 말미에 피오나는 그랜트에게 자신을 잊어버리고 버려두고 간 줄 알았다고 말한다.

병상에 누워서도, 아버지는 늘 손 여사 생각을 한다. 이해가 되기도 하면서 전혀 이해할 수 없는 부분이기도 하다. 그렇게 미워하는데, 그렇게 좋아하다니!

"뭘 뜨고 있니?"

아버지가 물었다.

이미 아버지의 조끼와 모자는 완성했던지라 같은 실로 뭘 뜨고 있는지 궁금했나 보다.

"아빠랑 커플로 입으려고 이번엔 내 거 뜨고 있지."

이렇게 말하자,

"엄마 거 하나 떠 줘"

란다.

그렇지, 자식이 열이면 뭐 하겠는가. 아내가 최고지. 그렇게 싸우고도 이렇게 보고 싶어 한다. 지독한 사랑이다.

나는 손 여사에게 영상통화를 걸었다. 아버지는 손을 흔들어 보이며 연신 "여보 사랑해"를 말한다.

전화를 끊자 병실에 있는 요양보호사분들이 아직도 사랑이 넘친다고 물개 박수를 보냈다.

나는 혹시 아버지가 오늘을 잊을까 봐, 내가 잊을까 봐, 노트에 오늘의 일을 기록해두었다.

우파 아버지를 부탁해

제자리 암이라니?

조지 존슨의 《암 연대기》는 암이 환경이나 유전적 요인으로 발생한다고 보는 시각을 뒤집게 해준 책이다. 저자는 유전적으로 동일한 복제인간 집단이 똑같은 지리적 위치, 똑같은 조건하에서 똑같은 음식을 먹고 똑같은 행동을 하더라도 50세나 60세 정도가 되면 일부는 암으로 사망할 것이고, 또 일부는 몇십 년 후에 다른 이유로 쓰러질 것이라고 말한다. 덧붙여 "선천적인 영향과 후천적인 영향은 각 개인의 암 발생 확률에 영향을 미치지만, 우리 중에 실제로 누가 암에 걸릴지를 결정하는 것은 운"이라는 점을 분명히 밝히고 있다.

아버지는 운이 나빴던 걸까?

아버지가 병원에 입원하고 뇌경색 진단을 받을 때만 해도

4주 정도 지나면 퇴원할 수 있을 줄 알았다. 혈압만 잡히면 금세 퇴원할 줄 알았는데, 그게 아니었다.

응급실에 들어가기 전까지만 해도 고봉밥을 드시고 말하는 것에도 아무 이상이 없었는데 입원을 하자마자 아버지의 상태는 급격히 나빠졌다. 혈압이 잡히지 않아서 계속 뭔지 모를 약의 투여량을 늘려갔다. 신체의 염증 수치가 높아졌는데 폐렴 증세까지 더해져 전방위적 항생제 치료를 받아야 했다. 항생제 치료를 시작하자마자 수많은 약 투여와 처치의 작용과 반작용으로 아버지는 설사를 하기 시작했다. 급기야 소변에 피가 섞여 나오는 걸 발견하게 됐다. 그렇게 생각하면 안 되지만 의학적인 지식이 없는 사람의 눈에는 병원에서 없던 병까지 하나씩 얻어가는 듯이 보였다.

그런 상황에서 팬데믹이 점점 심각해지고 가족 면회조차 어려워지자 차츰 소통의 문제가 발생하게 되었다. 그래서 나는 일정을 조정한 뒤 다시 직접 간병을 하기 시작했다.

처음 입원했을 때 며칠 안 지나 아버지는 중증 환자들이 있는 병실로 옮겨왔다. 그때 병실에서 말을 할 수 있는 환자는 아버지가 유일했다. 더러 눈을 깜빡이거나 몸 어딘가 한 부분 정도를 움직일 수 있는 환자들이 오고 갔지만,

말을 할 수 있는 환자는 없었다. 그래서 보호자들이나 요양보호사들은 아버지를 두고 "얼마나 다행이냐"라고 입을 모았다.

하지만 나는 그게 "다행"하게 느껴지지 않았다. 하루하루 새로운 증상이 생겨나고, 아버지가 고통을 호소하는 시간이 늘어갈수록 두려웠다. 병원에서는 섬망이라고 하는데, 한 달 반이 지날 때까지 섬망이 계속되고 있어서 그 역시도 두려웠다. 어느 날부턴가 20여 년간의 기억을 잃어버리고 57세의 자신으로 돌아가 이야기를 할 때도 있었는데, 아버지가 겪는 혼란만큼 나도 혼란스러웠다. 아버지는 자주 손주들이 있다는 사실을 잊었다. 무엇보다도 내가 글을 쓰는 것을 자랑스러워하셨던 아버지였는데, 그 역시도 잊어버리고 말았다. 이런 증상들이 더해질수록, 회복이 점점 요원해지는 것 같아 나는 또 두려웠다.

입원한 지 3주 만에 감염내과와 정형외과에도 협진을 요청했다. 아버지는 비뇨의학과, 호흡기내과, 신경정신과에서까지 진료를 받았다. 그리고 수술을 위해 마취과도 함께.

혈뇨가 점점 심해져서 다시 CT를 찍었는데 방광에 동그랗게 자리한 암 덩어리가 발견되었다. 정확히 판단하기 위해서는 내시경으로 조직을 떼어내 검사를 해야 했는데 뇌경색으로 치료를 받고 있던 터라 내시경 사용조차 조심스러웠다. 그래서 소변에 섞여 나오는 잔여물에서 암세포가 발견되는지 여러 번 검사해야 했다.

조직 검사 결과 암세포라는 것이 명확해지고 나서 수술이 결정되었다. 내시경으로 하는 간단한 수술이었지만 전신마취가 필요하기에 여러 가지를 고려해야 했다. 아버지는 뇌경색 때문에 피를 묽게 만드는 아스피린계 약을 복용 중이었는데, 수술을 위해서는 그것부터 끊어야 했다. 그런데 약을 끊으면 뇌경색이 더 심해질 수 있어서 여러 가능성들을 살펴가면서 수술 일정을 잡아나갔다.

수술 전 나는 아버지에게 일어날 수 있는 모든 가능성에 대한 설명을 들었다는 확인서에 사인을 했다. 문서의 문장들이 비정하기 짝이 없어서 나는 궁금한 것들을 자꾸 질문했다. 전신마취를 한 번도 해본 적 없는 나는 전신마취를 하면 잠에 빠지는 줄로만 알았는데, 내가 알고 있었던 건 수면마취였다. 전신마취는 잠시 폐의 활동을 멈추고 뇌와 심장만 살아 있게 하는 것이라고 했다. 마취과 인턴은 마취 후에 일어날 수 있는 아주 극단적인 가능성까지 자세히 설명해주었고, 나는 궁금했던 것을 해소할 수 있었다.

다행한 것은 침윤성 암이 아니라, '제자리 암'이라는 이름으로 불릴 정도로 다른 곳으로 퍼지지 않고 그 자리

우파 아버지를 부탁해

를 지키는 암이라 수술도, 회복도 많이 힘들지 않은 편이었던 점이다. 보험사에서도 이런 암들은 암으로 취급을 잘 안 해줘서, 진단비나 진료 관련 지급 비용도 10분의 1 정도 지급해줬다.

1월에 받은 첫 번째 방광암 수술은 깨끗이 잘되었다고 들었다. 출혈도 심하지 않았고, 상처 부위도 금세 아물었다. 하지만 걱정했던 대로 편마비가 왔던 왼쪽 팔다리가 수술 직후 심하게 경직되었고, 그 때문에 아버지는 비뇨의학과에서 며칠 치료받은 후 다시 신경과로 전과해 치료를 받았다. 이후 요양병원에 입원해 있는 동안 방광암이 재발해 아버지는 한 번 더 방광암 수술을 받았다. 외래 진료를 받으러 갔을 때 내시경으로 작은 암 덩어리 두 개를 발견했다고 했는데, 실제로는 세 개 이상 발견되었다. 두 번째 수술은 처음보다 더 잘 끝났다. 아버지는 방광 내막이 약해진 상태라 탄력도 많이 떨어졌고 쭈글쭈글해졌는데 그사이에 자잘하게 올라온 게 많아서 그것 역시 다 지져서 없앴다고 했다.

그렇지만 역시 또 재발할 가능성이 있다고 했다. 자주 병원에 올 수 있다면 방광에 암세포가 자라지 못하도록 약물을 주입하는 시술을 하면 되는데 아버지의 경우는 그럴 수가 없으니, 우선 입원해 있는 동안 주입해 넣고 지켜보자고 했다. 수술은 잘 끝났고 상처가 아물 즈음 아버지는 혈전 약을 다시 복용하기 시작했다. 방광암은 다른 암보다 발견이 빠르고 수술도 간단한 편이지만 금방 재발하는 암이라고 했다. 그래서 정기적으로 소변 검사와 내시경 검사를 해야 했다.

병원에 들어와서 처음 듣는 단어가 참 많은 게 사실이었지만, 방광암이라는 단어 역시 너무 낯설었다. 이런 암을 누가 앓았다더라, 하는 이야기도 거의 듣지 못하고 살아왔다.

"이 암이 그렇게 발병률이 높은가요?"

라고 내가 묻자 주치의는 꽤 발생 빈도가 높은 암이고, 성인 남성, 특히 흡연 경력이 있는 고령층 남성들에게는 자주 나타나는 암이라고 했다. 자궁경부암은 인유두종 바이러스에 의해 걸린다는 연구처럼 확실한 인과성을 증명해낸 것은 아니나 대체로 흡연이 방광암 발생과 연관이 깊다는 게 학계의 판단이라고 했다. 이 이야기를 듣자마자 남동생에게 담배부터 끊으라고 잔소리를 했다. 남동생은 스트레스 때문에 끊을 수 없다고 했다.

"암에 걸린다는데도?"

우리의 대화는 거기서 끊어졌다.

잠들면 안 돼

루이스 새커의 《웨이싸이드 학교 별난 아이들》을 보면 아주 재미있는 부분이 나온다. "'자브스'라는 선생님은 없어. 19층도 없고. 19번째 이야기도 없지. 미안." 이게 한 챕터의 내용이다. 책 첫 페이지부터 별난 아이들의 이야기가 펼쳐지며 자브스 선생님이 있을 것처럼 진행되더니 막상 자브스 선생님도, 자브스 선생님이 있는 19층도 없고, 그래서 당연히 19번째 이야기도 없다는 것이다. 익살맞게 "미안"으로 마무리하는 작가의 위트에, 있는데도 없고, 없는데도 있는 아이러니컬한 이야기를 상상하게 된다.

나는 아버지가 몇십 년의 기억을 통째로 잊어버렸을 때 웨이싸이드 학교의 자브스 선생님을 떠올렸다. 있지만 없는, 없지만 있는 이야기.

아버지는 섬망 때문에 간혹 헛소리를 하긴 했지만 처

음 병원에 입원했을 때보다는 증세가 훨씬 가벼워진 듯이 보였다. 더 이상 집에 가자는 소리도 하지 않았다. 어느 순간부터 병원을 집처럼 받아들이고 있는 듯했다.

처음 섬망 증상이 나타났을 때, 그게 치매의 모습일 거라고 생각하기도 했다. 하지만 치매와 섬망은 완전히 다른 것이었다. 주치의는 시간이 지나면서 좋아질 거라고 했지만 아버지의 너무나도 낯선 모습을 보고 있자면 도저히 나아질 것 같지 않았다. 아버지는 난데없이 집에 가야 한다고 소리를 질러댔고 쉽게 잠들지 못했다. 나는 아버지가 병원에 입원하게 된 현실을 끝없이 설명해주었고, 금세 그걸 잊은 아버지는 집에 가자는 소리를 다시 끝없이 반복했다. 아버지는 잠에 들었다 깰 때마다 다른 시간 속에서 깨어나는 듯했다.

주치의 말대로 2주 정도 지나니 아버지의 섬망 증세는 많이 호전되었지만 20년의 세월을 훌쩍 잊어버린 채 50대의 아버지가 되어 자주 내게 말을 걸어왔다. 퇴원해 집에 가면 더 좋아질 거라고, 가족과 친밀한 관계를 잘 유지하면 더더욱 좋아질 거라고 했는데, 나는 그런 말들이 너무나 이상적으로 들렸고 나의 현실, 우리 집의 현실을 자꾸만 되새김질하게 되었다.

같은 병실에 입원해 있던 아버지 연배의 어르신들에게서

우파 아버지를 부탁해

도 종종 섬망 증세를 보았다. 그중 한 환자는 거의 잠을 자지 않고 "아가씨"를 찾았다. "아가씨"였다가 "미스 김"이랬다가 "처자"를 찾기도 했는데, 세상의 모든 여자를 다 부르기세였다. 잘 듣고 보면 한결같이 젊은 여자를 찾는 것이었다. 너무나 간절하게, 우렁차게, 쉬지 않고 아가씨를 찾는 통에 다들 으흠, 으흠 하며 불편함을 내보이기도 했다. 간호사가 와서 베드를 끌고 갔다 와도 그때뿐이었다.

아버지는 그걸 듣고는 웃음을 참지 못하고 픕 하고 입방귀 소리를 냈다.

"저 아저씨는 여자를 너무 밝힌다."

나만 들을 수 있게 작은 소리로 말하면서 아버지는 킥킥댔다.

"아빠, 전에 아빠는 더 했어."

내가 아버지의 귀에 대고 그렇게 말하자,

"그랬나, 내가?"

하며 아니라는 식으로 반문했다.

"녹화를 해둘 걸 그랬네. 이럴 줄 알았으면."

그 말을 하는데 번뜩, 조금 더 정신이 또렷했을 때의 아버지를 기록으로 남겨두지 못한 게 처음으로 후회되었다.

"뭐라고 하드나?"

"그냥 나한테 얼마나 화를 내는지, 계속 집에 가자고 하고 난리도 아니었어."

"그랬나."

"응."

수술 후 정말 간만에 아버지와 나눈 정상적인 대화였다.

결국 맞은편 베드를 쓰던 그 아저씨는 보호자인 딸이 와서 병실을 옮겨갔다. 병원을 떠난 것인지, 독실로 옮겨간 것인지 알 수는 없었다.

그날 이후 나는 종종 대화하는 아버지의 모습을 영상으로 남겼다. 어느 순간 아버지의 머릿속에서 또 몇십 년의 시간이 통째로 사라질지도 모르니까 말이다.

우파 아버지를 부탁해

문재인 케어

열심히 살아가는 가족이 있습니다. 어느 날 갑자기 아이가 아프면 아이 간병에 밤낮없이 매달립니다. 병원비 마련을 위해 야근에 부업까지 합니다. 그래도 아이만 다시 건강할 수 있다면 이런 일 아무것도 아니라며 부모는 웃을 것입니다.

이제 그 짐을 국가가 나누어 지겠습니다. 아픈 국민의 손을 정부가 꼭 잡아드리겠습니다. 올해 하반기부터 바로 시작해서 2022년까지 국민 모두가 의료비 걱정에서 자유로운 나라, 어떤 질병도 안심하고 치료받을 수 있는 나라를 만들어가겠습니다.

첫째, 치료비의 많은 부분을 차지하는 비급여 부분을 해결하겠습니다. 앞으로는 미용, 성형과 같이 명백하게 보험 대상에서 제외할 것 이외에는 모두 건강보험을 적용하겠습니다. 예약도 힘들고 비싼 비용을 내야 했던 대학병원 특진을 없애겠습니다. 상급 병실료도 2인실까지 보험을 적용하겠습니다.

둘째, 고액 의료비 때문에 가계가 파탄 나는 일이 없도록 만들겠습니다. 당장 내년부터 연간 본인부담 상한액을 대폭 낮추겠습니다. 동시에 앞으로 10년 동안의 보험료 인상이 지난 10년간의 평균보다 높지 않도록 관리해나갈 것입니다. 의료계의 걱정도 잘 알고 있습니다. 비보험 진료에 의존하지 않아도 정상적으로 운영될 수 있도록 적정한 보험 수가를 보장하겠습니다. 국민이 아플 때 같이 아파하고 국민이 웃을 때 비로소 웃는 국민의 나라, 공정하고 정의로운 대한민국을 향해 한 걸음 한 걸음 굳건히 나아가겠습니다. 아픔은 덜고 희망은 키우겠습니다.

이른바 '문재인 케어'의 발표를 듣는 내내 내 마음은 한없이 부풀어 올랐다. 국가가 개인의 아픔과 안녕에 더없이 적극적으로 개입해 돌보겠다는 선언이었으니까. 든든했다.

2019년 1월, 나는 한국문화예술위원회의 해외 레지던스 사업의 교류작가로 인도 상암하우스에 파견되어 해외 작가들과 함께 시간을 보냈더랬다. 미국 작가 브렌다, 카슈미르 저널리스트 자히드, 벵갈 시인 쇼우빅, 그리고 나까지 작가 네 명이 영국인 자일즈와 그의 남편 프랑스인 유베어와 함께 한 달 동안 두 번의 낭독회를 가졌고, 다양한 인도 문화를 접하면서 교류했다. 레지던스의 매니저였던 자일즈는 유베어와 결혼해 프랑스 남부에 살았는데, 겨울에는 인도에 와서 레지던스를 살피며 보냈다.

우리는 서로 다른 점들을 꺼내놓고 이야기하는 시간을 많이 가졌는데, 각국의 의료 시스템에 관해 얘기한 적도 있었다. 마이클 무어의 〈식코〉는 미국보다 영국과 프랑스의 의료 시스템을 훨씬 더 선진적인 것으로 묘사하는데, 자일즈의 말에 따르면 꼭 그렇지도 않았다. 영국 국영병원은 체계가 잘되어 있지만 예약 대기가 너무 길어서 기다리다 죽는다며 자일즈는 어깨를 으쓱해 보였다. 그래서 정말 병원에 갈 일이 있으면 사설 병원에 가야 한다고 했다. 나는 우리나라의 의료보험 체계에 아주 만족하고 있다고 말했고, 그들은 국가 차원에서 그런 시스템이 운영될 수 있다는 데 감탄을 보냈더랬다.

전에는, 병원에 자주 가지도 않는데 의료보험료를 내는 게 아깝다 생각한 적이 있었다. 하지만 아버지가 병원에 입원해 계신 이후부터는 그런 생각을 하지 않는다. 정권이 바뀐 뒤 의료보험료가 예상보다 더 많이 올랐지만 그럴 수 있는 일이라고 생각했다. 그런데, 이른바 '문재인 케어'의 폐기가 본격적으로 시작되고 있다는 뉴스를 접할 때마다 걱정이 앞선다.

나는 법이나 의료 시스템, 의료보험 제도에 대해서는 잘 알지 못하지만 '피보험자'로서의 현실 감각은 충분히 가지고 있다. 의료나 교육과 관련된 것은 정권이 바뀔 때마다 덩달아 변화하지 않도록 독립기관이 관리하면 안 되나 하고 바라기도 한다. 물론 그 독립성이 완벽하게 유지될지에 대해서도 의구심을 가지고 있긴 하지만 말이다.

아버지는 75세 이상의 중증 환자나 암 환자들의 의료 비용을 95퍼센트 정도 지원해주는 산정 특례 제도의 혜택을 보고 있다. 5년 기한이 있기는 하지만 얼마나 다행한 일인지 모른다. 나는 이런 제도들이 하나씩 폐기될까 봐 또 걱정이 앞선다.

국회 보건복지위원회 김영주 의원의 보도자료 〈윤석열 정부 희귀질환자 지원 사업 예산 대폭 삭감, 2만 명 이상의 저소득 희귀질환자 의료비 지원 차질 우려〉에 따르면 이 제도의 수혜를 받는 사람이 대폭 줄어들 것으로 전망된다. 앞으로가 더 겁이 나는 것이다. 다음 차례는 손 여사, 그다음에는 내가 될 텐데, 의료 비용을 위한 또 다른 노후 대책을 마련해두어야 하는 게 아닌가 싶기도 하다.

아버지가 개인 보험이 없는 것도 아니다. 두 보험회사에 매달 28만 원 정도를 납부하고 있다. 하지만 아버지가 지원받을 수 있는 부분은 극히 일부에 불과했다. 제자리

암은 암으로는 완전히 인정받지 못하는 암이라 10퍼센트의 진단비만 지급되었을 뿐이다. 개인보험이 만능열쇠도 아닌데, 내가 너무 많은 기대를 하고 있었던 듯싶다.

자기결정권

아버지가 와병 중이라고 밝히면 여러 이야기가 꼬리를 잇는다. 긴 병에 효자 없다는 말부터 시작해서 보호자인 내가 얼마나 힘들지, 가족 간에 다툼은 없는지 등, 내 현실적인 상황에 대해 이야기하는 사람들도 있고, 더 나아가서 자신이 그런 상태에 이른다면 더 생각하지 않고 존엄사를 결정할 것이라고 말하기도 한다. 아버지는 아직 그런 상태가 아니라고 설명해도 의식 없이 호흡기에 의존해 겨우 존재하는 인간을 떠올린 것 같은 말들이 따라붙는다.

여러 작가가 스위스로 자신의 죽음을 실행하러 떠나는 사람들의 이야기를 소설로 썼다. 더 인간적이기 위해서 '존엄'을 선택하는 것이라고 말하는 작품도 있고, 그에 대한 질문을 던지는 작품도 있다. 파스칼 키냐르의 《은밀한 생》 속 "자살하는 사람은 죽음이 아니라 추락을 원한

우파 아버지를 부탁해

다. 그들은 창밖으로 혹은 심연 속으로 몸을 던진다"는 말처럼 죽음 자체보다 죽음의 모습에 우리는 더 많은 의미를 부여하려고 한다.

나도 스스로 용변을 가리지 못하는 지경이 되면 살고 싶지 않을 것 같다. 동시에 그래서 더욱더 살고 싶을 것 같기도 하다.

아버지는 자주 내게 죽고 싶다고 말한다. 내가 죽어야지, 하며 내가 아버지를 보는 것보다 더 측은하게 나를 본다. 당신이 죽는 순간이 나의 고생이 끝나는 시점이라 생각하는 듯, 그런 말들을 곧잘 꺼낸다. 그런데 죽고 싶다고 말하다가도 의료진이 다녀가면 어디에 문제가 있는지 겁먹은 표정으로 묻는다. 또 잠시라도 아버지 곁을 비울라치면 계속해서 내 이름을 불러댔다. 덕분에 병실 사람들은 물론 오가는 사람들까지 모두 내 이름을 알게 되었다.

나는 되레 그런 말을 들을 때마다 얼마나 더 강렬하게 살고 싶은지를 느낀다. 그래서 나는 아버지를 놓을 수가 없다. '쫄보'인 나는 사람들이 사회적으로 말하는 존엄을 실현할 자신이 없다.

오랜만에 두두에 놀러갔는데 2층 계단 창밖 지붕 시멘트 사이로 움튼 싹이 보였다.

그다음에 갔을 때에는 제법 이파리를 달고 나무 모양을 갖춘 모습으로 볕과 바람 속에서 온몸을 흔들어대고 있었다.

　살아 있는 건 어떻게든 살려고 한다.

노인을 위한 나라는 없다

정말로 너무 일찍 죽지만 않는다면 그것은 결국 돌아오게 마련이다.
— 코맥 매카시, 《노인을 위한 나라는 없다》

아버지는 퇴원 직전에 연하장애가 나아져서 콧줄을 뺐다. 미음을 먹기 시작하자 식욕이 폭발했다. 아버지는 당뇨 같은 대사 장애가 없어서 나는 바나나와 카스텔라 같은 간식을 충분히 드시게 했다. 살이 오르니 손에 힘이 더 생기고 몸을 움직이는 것도 좀 나아졌다.

아버지는 신경과와 재활의학과 협진을 받으면서 하루 두 번씩 재활치료를 받았다. 몸에 기운이 도는 만큼 인지도 좋아지는 것 같았다. 이때만 해도 아버지가 걸어서 퇴원할 수 있을 거라고, 머지않아 그런 일이 있을 거라고 희망을 품었다.

재활의학과에서는 외상 환자들에게 필요하다며 다리 보조 기구를 맞추라고 업체를 연결해주었는데, 나는 그게 당장 필요할 것 같지 않아 안 하고 싶다고 했다. 하지만 전공의가 해야 한다고 몇 번이나 전화를 걸어왔다. 마지못해 거의 20만 원 가까이 주고 기구를 맞추었는데, 지금까지 단 한 번도 착용한 적이 없다.

91일 동안의 대학병원 입원을 마친 아버지는 대학병원에서 추천해준 요양병원으로 전원했다. 치료가 끝나서가 아니었다. 더 이상 입원을 연장할 수 없어서 옮겨간 것이었다. 편마비가 왔던 왼손과 왼다리의 감각은 많이 돌아왔으나 여전히 서지도, 앉지도 못하는 상태였다.

　나는 퇴원 수속을 밟을 때 91일간의 진료 기록을 요청해 받았다. 무려 A4 150장에 달했다. 진료비 세부 내역서는 진찰, 입원, 식대, 투약조제, 주사, 마취, 처치수술, 검사, 영상진단, 치료재료대, CT진단, MRI진단, 초음파진단, 증명 등의 항목으로 나뉘어 있었는데, 검사비가 많은 비중을 차지했다.

　새로 지은 건물에 입주한 요양병원의 시설은 깨끗했다. 그것만으로도 나는 조금 안도감이 들었다. 가족 상담을 해줬던 재활의학과 주치의는 입원 환자들을 매일 오전, 오후로 나눠서 운동을 시키고 물리치료도 개별적으로 받게 하니 대학병원에서보다 집중적으로 재활할 수 있다고 했다. 나는 주치의 말대로 아버지의 상태가 더 좋아지길 바라면서 그곳에 아버지를 입원시켰다.

코로나19 때문에 외출은 물론 면회도 금지되었기에 더더욱 믿고 맡기는 수밖에 없었다.

아버지가 재활병원에 입원한 지 한 달. 유리벽을 두고 전화로 통화하는 간접 면회가 가능하다고 하여 손 여사와 함께 요양병원에 갔다. 그런데 아버지의 얼굴과 상태를 목격한 나는 피눈물을 쏟을 것처럼 울면서 돌아왔다. 집에 돌아오는 내내 눈이 매워서 주체할 수가 없었다.

대학병원에서 수술을 하고 견딜 때에도 그렇게 살이 안 빠졌는데, 아버지는 말기 암 환자처럼 너무 야위어 있었다. 지난겨울 응급실에 갔다가 입원했을 때 몸무게가 70킬로그램 정도였다. 대학병원에서 퇴원할 때만 해도 65킬로그램 정도는 되었는데, 1달 반 만에 58킬로그램이 되어 있었다. 실제 아버지의 모습이 보여주는 쇠약함은 지켜보는 내가 고통스러울 지경이었다.

나는 주치의와 상담을 하면서 원래도 식사를 많이 하셨던 분이니 식사량을 늘려 달라고 요청했다. 아버지가 너무 살이 빠졌다고 이야기하자 주치의는 칼로리를 다 지켜서 죽을 내준다고, 별 문제가 없다고 했다. 그러면서,

"그렇게 살 빠지는 일이 있으면 내가 다이어트를 하겠네"

라는 농담을 던졌다.

어이가 없었지만 나는 끝까지 잘 부탁한다고 하고 나

올 수밖에 없었다.

그런데, 병원을 나오는 길에 만난 요양보호사와 호송 담당 직원들이 내게 조용한 목소리로 귀띔을 해주었다. 아버지가 덩치가 있는데 죽 양이 너무 적다고 말이다.

나는 원무과에 가서 한 번 더 부탁을 했다. 그런데 유리벽 뒤 사무실에 있던 원무과장이 나오더니 그런 소리를 누가 하더냐고 출처를 물었다.

원무과장과 나 사이에 잠시 침묵이 내려앉았다. 원무과장이 다시 입을 열었다. 병원이 개원한 지 얼마 안 되어 간호과와 행정팀 간에 소통이 잘 안 된 것 같다고 얼버무리며 대화를 정리했다. 새 건물에 입주한 신생 병원의 깨끗함 뒤에 감춰진 미숙하고 엉성한 민낯을 본 기분이었다.

나는 병동 전체가 먹고도 남을 정도의 빵과 쿠키 등을 잔뜩 사서 아버지가 있는 병동 간호사에게 간식으로 드시라고 전하며 부탁을 하고 또 했다.

지하철을 타고 되돌아가는데, 주치의가 한 말이 자꾸 머릿속을 맴돌았다. 내 걱정을 덜어주기 위해 한 말일 테지만, 부적절했다. 부적절한 응대를 받으면 공연히 마음이 가라앉는다. 칼칼하니 매운 돼지갈비찜 같은 게 먹고 싶었다. 너무 마른 아버지를 보고 눈물콧물 바람을 했던 내가 곧바로 떠올리는 게 매운 돼지갈비찜이라니. 자연스러운 의식의 흐름이었지만, 이 또한 무척이나 부적절했다.

그날 나는 매운 돼지갈비찜을 먹지는 않았다. 내 부절절함을 밖으로 드러내고 싶지는 않았으니까.

병원비 항목에 질문 있습니다!

아버지 병구완을 하면서 나는 여러 번 좌절을 맛보았다. 내 가족들의 비협조 때문에 좌절의 쓴맛을 보았고, 어떻게 해도 해결되지 않는 부조리한 의료 체계와 요양보호사 고용 제도 때문에 더 큰 좌절의 맛을 보았다. 그리고 요양병원의 관리되지 않는 실태에 또 한 번 좌절의 맛을 보았다. 어떤 식으로 항의를 하고 문제를 제기해도 바뀔 수 없는 구조라는 걸 각성한 다음에는 망연자실할 수밖에 없었다. 나만 이렇게 화가 나는 것인가. 다른 가족은 다들 수긍하고 순응하면서 살고 있는데, 유독 나만 이런 것인가.

전원을 했으나 아버지는 한 달에 한 번 혹은 두 번 정도 상급병원인 대학병원으로 외래 진료를 받으러 가야 했다. 뇌경색 때문에 신경과, 방광암 때문에 비뇨의학과, 이렇게 두 과를 정기적으로 다녔다.

　나와 남동생은 항상 시간에 맞춰 아버지를 데리러 갔다. 자가진단키트로 코가 뚫릴 만큼 깊숙이 코로나19 검사를 하고 아버지를 만났다.

　외래 진료를 보러 가기 위해 만날 때마다 아버지의 몸에서는 같이 서 있기 힘들 정도로 심한 지린내가 풍겼다. 나는 그 악취가 너무 매워서 눈물이 났다. 일단 수건과 물티슈로 아버지를 닦았지만 그걸로 냄새를 지울 수는 없었다.

　참다못해 요양병원 측에 몇 번이나 목욕 이야기를 했지만, 알겠다는 말뿐 달라진 것은 없었다. 내가 코로나19 검사를 하고 들어가 직접 목욕을 시켜주고 나오면 안 되겠느냐고, 방광암에 걸린 적도 있어서 특히나 요도 주변은 청결했으면 한다고 부탁했지만 병동 안으로 외부인이 들어가는 것은 원칙적으로 안 된다는 통보를 받았다.

외래 진료를 받으러 가는 날은 병원비를 정산하는 날이기도 했다. 진료비 정산 세부 내역서를 보고 있자니 이상한 것들이 눈에 들어왔다. 아버지의 몸 어디에서도 부항 자국은커녕 그 비슷한 것도 본 적이 없는데 한 달에 22번 부항을 떴다고 기록되어 있었다. 병원 소개를 받을 때 한의사가 치료하는 공간을 보여준 적 없는데 도대체 그 시술 비용이 매달 청구되는 이유를 모르겠다며 나는 구시렁

거렸다.

　나의 이런 태도가 남동생은 내내 마뜩지 않았는지 한소리를 했다. 그걸 다 따져서 어떻게 할 거냐고, 부항 자국이 안 생겼을 수도 있는데 확실한 증거도 없이 의심하면 안 되지 않느냐며 타박했다. 그 말을 듣자 그만 뾰족해져서 남동생의 말을 되받았고, 이내 우리 둘의 언성은 높아졌다. 나는 내 의심에 동참하지 않는 남동생에게 뾰로통해져 고개를 돌려버렸다.

　하지만 병원에 도착해서는 언제 싸웠냐는 듯 일사불란하게 움직였다. 남동생이 병원 입구에 차를 대면 나는 얼른 차에서 뛰어내려 휠체어를 끌고 왔고, 남동생은 아버지를 안아 휠체어에 앉혔다. 나는 아버지의 뒤쪽 허리끈을 잡아 올려 앉는 자세를 고쳐주었다. 남동생이 주차하러 간 사이 지체하지 않고 아버지의 휠체어를 끌고 수납 창구에 들른 뒤 소변 검사하는 곳으로 옮겨갔다. 남동생도 빠르게 주차를 하고 우리 곁으로 왔다.

　소변 검사는 남동생이 진행했는데, 검사를 마치고 온 남동생 얼굴이 빨갛게 달아올라 있었다. 아버지의 서혜부 주변에 온통 발진이 일어난 데다 살갗이 벗겨져 있더란다. 게다가 요도 주변을 테이프로 감아놨더라는 거다. 좀 전까지 나를 나무라던 남동생은 이제는 더 열이 올라서 가만 안 있겠다고 씩씩거렸다. 직접 눈으로 목격하고 나니 피가 거꾸로 솟는 것 같다고 했다. 남에게 돌봄을 맡긴다는 것이 얼마나 어려운 일인지 알고 있지만 말이다! 공단 지원금을 합치면 아버지는 월 8백만 원이 넘는 의료비를 지출하는 환자이다. 그런데, 기저귀를 아끼겠다고 방광암 환자에게 기스모라는 비닐 소변백을 둘둘 감아두는 게 상식적으로 말이 되는지 도저히 이해할 수가 없었다.

우리는 요양병원에 돌아와서 아버지의 상태를 이야기했다. 문제 제기를 하는 쪽은 우리였는데도 간호사들에게 이야기를 하면서 왈칵 눈물을 쏟고 말았다. 파우더로 된 소염제를 사다주면서 꼭 상처 부위에 뿌려 달라고, 아버지 짐 속에 '마데카솔' 파우더도 있으니 함께 사용해 달라고 부탁했다. 폐쇄된 병동에 아버지를 두고 나오면서 나는 또 연신 부탁을 하고 있었다.

　이어 우리는 원무과로 올라가 병원 원무과장과 상담을 하면서 아버지가 아직도 백신을 맞지 않았다는 것을 알게 되었다. 분명 3월 12일에 입원한 뒤 4월 13일에 접종을 할 거냐고 묻는 전화를 받아서 접종하겠다고 답했는데, 사실은 접종을 하지 않았다는 것이었다.

　상황을 알아보겠다고 한 원무과장이 보내온 메시지는 다음과 같았다.

안녕하세요 서울○○○○○입니다.

본원 아스트라제네카 1차 입고 - 2월 말

이상반응 관찰 위해 3월 2일부터 접종 시작

보건소 지침에 따라 10명 단위 접종하다 보니 접종자 수 불일치하여 3월 중순 접종 못하고 3/26, 4/5 접종.

후에 혈전 반응으로 접종 중단 지침 내려옴.

백신잔량 전체 회수됨.

5월 중순 접종 재개 통보받고 백신 수령함

정부지침 따라 2차 접종자 우선접종 진행하였고 백신 배정량 부족하여 2차 접종 중단상태. 현재 지속적 물량 요청 중이나 백신 배정물량 부족으로 접종 중단 중입니다.

원무과장은 정부 방침을 따랐을 뿐이라고 말했다. 아버지가 접종받을 수 있는 1차 물량을 2차 접종 시기 대상자들에게 먼저 접종한 것도 병원에서 자체적으로 결정한 사항이 아니라고 했다. 보건소에서 내려준 지침대로 접종을 했을 뿐, 자신들은 아무 문제없이 진행했다고 강조했다.

보건소에 명단을 보내고 백신을 받았는데 아버지는 애초에 그 명단에 없었다고 말했던 병원은 이제, 명단이란 건 없고, 숫자만 보냈다고 했다. 그리고 그 숫자 중 직원이 몇 명이고 환자가 몇 명인지 알려줄 수 없다고 했다.

그렇다면, 외래 진료가 있는 날마다 우리가 방문했는데 왜 그때 우리에게 접종하지 않은 걸 알려주지 않았는가? 분명 지난번 방문했을 때, 의료진은 2차까지 백신을 맞았고 아버지도 1차 접종을 받았다고 했는데, 내가 잘못 들었던 것인가?

오히려 손 여사는 아스트라제네카를 거부하고 이후 화이자를 맞았는데, 병원 안에 있는 고위험군 환자가 외래 진료를 받는 상황에서도 백신을 맞지 못하고 있었다는 사실에 기가 막힐 노릇이었다.

원무과장은 처음에는 환자가 별로 없어서 백신 신청을 많이 하지 못했고 그 수에 대해서는 알려줄 수 없다고 했다. 이렇게 자꾸 말이 바뀌니 그들이 나열하는 정보에 의구심을 갖게 되었다. 왜 정보의 내용이 이렇게 뚝뚝 끊어져 있는 걸까. 질문을 왜 받아들이지 못하는 걸까. 답답한 노릇이었다. 게다가 원래 다 그렇다고 하는데, "원래" 그렇다는 건 또 무슨 말인가. 원무과장이 무언가를 제시할 때마다 의문이 더 커졌지만 그걸 해결해주는 사람은 어디에도 없었다.

그냥 그러려니 하고 살아야 하는 것인가? 장기요양보험 지원금을 합쳐 지불하는 만큼의 의료 서비스를 우리는 제대로 받고 있는 것일까?

어디서부터 잘못된 걸까?

이 문제에 대해 아무도 질문하지 않는 걸까?

국가 예산이 이렇게 많이 투입되는 일인데 관계 부처 담당자들이 설마 서류상으로만 관리를 하고 있는 것은 아니겠지?

환자를 병원에 맡기고 많은 비용을 정부에서 보조해주다 보니, 어느새 이 구조는 환자를 등한시하고 보호자는 패싱하는 구조로 바뀐 건 아닐까?

한방 진료를 포함해 건건이 붙어 있는 치료비 숫자들이 모두 부풀려진 것처럼 느껴졌다. 점점 더 요양병원을 믿을 수가 없었다.

병은 한 가지, 약은 천 가지

방광 내시경 결과가 좋지 않았다. 재발이 잦을 거라는 말을 듣기는 했지만, 이렇게 금방 재발될 줄은 몰랐다.

나는 전공의와 함께 수술 일정을 잡았다. 마침 방학이었다. 계절학기 강의도 후다닥 마치지 않았는가. 딱 2주 동안만이라도, 내가 직접 아버지를 돌보면서 상처 난 데 잘 아물게 해드리자. 더 이상 몸에서 지린내가 나지 않도록 깨끗하게 씻기고 단정하게 챙겨드리자.

그렇게 해서 아버지는 요양병원을 퇴원해 다시 대학병원에 입원했다. 요양병원 간호사가 3일치 약을 챙겨주었다. 상급병원인 대학병원에 입원하면 거기서 약을 줄 게 뻔하니 약을 따로 주지 말라고 했는데도 원래 퇴원할 때는 무조건 3일치가 나간단다. "원래" 그래야 한단다. 그 놈의 원래 타령!

아니나 다를까, 대학병원에 오니 그 약은 쓸 수가 없으니 폐기하란다. 병원에 있는 동안 상황에 맞춰 새 약을 처방받게 될 거라고.

이런 불필요한 낭비들은, 병원을 오가는 동안 수없이 목격된다. 없던 치료가 기록되고, 하지 않은 처치가 더해지고, 쓰이지 못할 걸 빤히 알면서도, 보호자가 먼저 고지를 해두더라도 개의치 않고 무조건 해버린다.

한방 치료를 거부했음에도 불구하고 요양병원에서는 마지막까지 침과 부항 치료를 넣어 청구했다. 제발 빼 달라고 했는데도 굳이 침술 치료를 포함시킨 건 왜일까? 병상이 백 개가 넘는 요양병원에 한의사는 달랑 한 명 있는데, 하루에 한 번씩 침과 부항을 다 뜰 수 있다고? 납득이 가지 않았다.

"아니, 이미 몇 번이나 빼 달라고 했는데 왜 자꾸 넣는 건가요?"

내가 묻자 원무과장은 친절하게도,

"그러면 그 부분은 내지 않아도 됩니다"

라며 뭔가를 대단히 많이 양보하고 베풀어주는 양 말했다. 그의 태도에 약간 기가 찼다. 이어 덧붙인 말은 더더욱 어처구니없었다.

"보호자 부담금은 빠지는데요, 공단 제출용에서는 뺄 수가 없습니다"

라며 내가 만족을 못 하는 듯해 받지 않는 것이라고 덧붙였다.

발끈한 내가,

"그런데 진짜 한방 치료를 한 게 맞나요? 한 달에 22번이나 부항을 떴으면 어디 흔적이라도 있어야 하는데, 왜 부항 자국이 없죠? 그리고 이 횟수가 가능한 것인지도 저는 좀 의구심이 들어요"

라고 하자 자기네 선생님이 자국 안 나게 잘한다고 했다. 고령 환자의 몸에 한 달에 22번 부항을 뜨는데도 자국하나 남기지 않고 부항을 뜨는 자가 그 병원에 근무하고 있다는 소리였다. 나만 이상하게 느끼는 건가? 쌈닭으로 빙의하기 1초 전, 정수리에 닭 벼슬이 바짝 올라오는 것 같았다.

아버지에게만 이렇게 하는 게 아니어서 더 문제였다. 버려지는 약들을 굳이 처방하고, 제조해서 내보내는 이유는 뭘까? 넘치는 처방, 넘치는 시술, 넘치는 세부 항목들.

요양병원에 환자를 입원시키면 좋은 건 요양병원뿐인 건 아닌가? 이런 고통스러운 구조가 바뀔 수는 없을까? 납득이 되지 않았다.

보호받지 못하는 환자의 권리

병실 화장실 문 안쪽에는 환자의 권리 및 책임과 의무를 적은 '환자권리장전' 종이가 코팅되어 붙어 있다. 변기에 앉으면 딱 눈높이다.

환자의 권리

    1. 진료받을 권리

    2. 알 권리 및 자기결정권

    3. 비밀을 보호받을 권리

    4. 상담, 조정을 신청할 권리

환자의 책임과 의무

    1. 의료인에 대한 신뢰, 존중의 의무

    2. 부정한 방법으로 진료를 받지 않을 의무

환자의 권리에는 진료받을 권리가 제일 먼저 명시되어 있다. 헌법 제1조 1항이 모든 법에 우선하는 것처럼 환자의 권리 1번도 모든 권리에 우선한다. 환자는 적정한 보건의료 서비스를 받을 권리를 우선적으로 가지며, 정당한 사유 없이 치료를 거부당해서는 안 된다.

환자의 권리 2번은 알 권리 및 자기결정권인데, 내가 겪었던 병원 시스템 안에서는 여전히 이 권리가 보장되지 못하고 있는 듯한 느낌을 받았다.

첫 번째 퇴원 무렵, 나는 병원 의료진에게 항의를 했다. 1월에 객담 검사를 통해 발견한 MRSA라는 균을 그대로 방치해서였다. 요양병원에 제출할 서류를 떼기 위해 검사하면서 균이 있음을 알게 되었는데, 그게 바로 퇴원 이틀 전 일이었다. 결국 그 균 때문에 내가 옮겨가려고 했던 재활전문 요양병원으로 갈 수 없다는 통보를 받았고 나는 이 문제의 명확한 사실 관계와 책임에 대해 하나하나 설명을 듣고 싶었다.

MRSA는 메티실린 내성 황색 포도구균으로, 정상인은 감염되지 않지만 노인이나 면역력이 약한 사람은 쉽게 옮는다고 한다. 특히 항생제에 내성을 갖고 있어 쉽게 낫기도 어렵다고 들었다. 그래도 균이 발견되고 나서 두 달이나 더 입원해 있었는데 치료하지 않은 것은 물론, 병원

내에서 옮은 게 확실해 보이는데 감염 사실을 보호자에게 통보해주지 않고 그대로 방치했다는 점에 어이가 없었다. 주치의는 물론 보호자와의 연락을 담당한 전공의나 담당 간호사들까지 모두 알려주지 않았다는 데서 더 큰 실망감을 느꼈다. 그런 와중에 굳이 하지 않아도 될 것 같은 여러 검사에 동의해 달라는 전화를 수차례 받았더랬다. 연하장애 검사와 CT 검사를 하겠다고 했는데, 나는 지금 꼭 필요한 게 아니면 하지 않겠다고 했다. 그 전화는 또 다른 보호자로 등록되어 있는 남동생에게 온 후 내게도 온 것이었다. 장비 구입도 마찬가지였다. 검사비와 시술비를 지불해야 할 때는 악착같이 확인을 해왔으면서 환자의 몸에서 발견한 균은 아무도 신경 쓰지 않았다니, 도대체 환자와 보호자는 이 문제를 누구에게 상의하며 하소연해야 하는 것일까.

신경과와 재활의학과에 있는 동안은 주치의와의 면담을 요청한 뒤 하염없이 기다리다 놓치는 경우도 많았다. 전공의 중 몇은 상담 자체를 귀찮아하는 내색을 드러내기도 했다.

나는 코로나19 확산 기세가 심하지 않았을 때는 거의 매일 병실을 찾아 아버지를 면회하고 돌아갔다. 기저귀도 매번 직접 사다 건넸을 뿐더러 다른 필요한 것들도 꼬박꼬박 챙겼다. 그런데도 아무도 내게 감염 사실을 말해주

우파 아버지를 부탁해

지 않았던 것이다.

나는 아버지의 병시중보다 기타 관계들에서 오는 무지막지한 무례들을 겪어내느라 정말 혼절할 지경이었다. 따박따박 따지기 좋아하는 성격대로 따지고 들었다면 그나마 나았을까? 내내 참아야 했기에 스트레스와 울분은 더 컸다. 의료진과 소통이 잘 안 되는 상황 또한 감내해온 터라, 퇴원을 코앞에 두고 균 때문에 전원이 불가능하다는 소리를 듣고 그간 내리누르고 있었던 울분을 그대로 분출해버리고 말았다.

간호사들은 나를 위로했지만, 위로가 될 리 없었다. 한참 후 나타난 재활의학과 전공의는 퇴원을 연기해주겠다고 했다. 퇴원을 연기하게 되면 또 몇백만 원의 비용을 지불해야 함은 물론 도저히 내가 통제할 수 없는 요양보호사들을 몇 주 더 고용해야 하는데, 정말이지 나는 너무 시달리다 못해 지쳐서 더 이상은 감당할 자신이 없었다. 몸과 마음이 몽땅 소진된 느낌이 들었다.

아버지 폐에서 발견한 균은 재활병원에서는 통제할 수 없는 균이라서 해당 균에 감염된 환자는 공동 병실에 입실하지 못하는 경우가 대다수라고 했다. 아버지를 전원시키려고 면담까지 마쳤던 서초동의 재활병원은 MRSA 감염 환자를 받지 않았다. 또 다른 곳은 편마비 이야기를 꺼내자 갑자기 베드가 없다며 급하게 상담을 마무리했다. 어디로 아버지를 전원시켜야 할지 갑갑했다.

전공의와 이야기를 나누며 책임 소재를 물었다. 문제가 있었음은 인정하면서도 사과하지는 않았다. 나는 그 부분이 제일 문제라고 말했지만, 전공의는 더 이상 해줄 수 있는 게 없다는 식으로 대답했다. 너무나도 정직한 그 대답에 더 이상 대화할 의욕을 상실했다.

전공의 말대로 사실이 그러했을 것이다. 내가 그 문제에 대해 조목조목 따지는 동안, 아니 언쟁에 가까운 말을 이어가는 동안 전공의의 목에 벌겋게 열이 올랐다. 손을 올려 긁기도 했다. 내 몸의 반 정도나 될까 싶을 만큼 작은 체구를 가진 전공의는 보호자가 쏟아내는 불만을 기꺼이 들어줘야 하는 역할을 감내하고 있었다. 어쩌면 십자가를 지는 심정으로 이 순간이 지나가기만을 묵묵히 견디고 있었는지도 모른다. 그래서 내가 병원을 오가면서 참아냈던 것처럼, 전공의도 참아내느라 몸과 마음을 소진하고 있었는지도 모른다.

그런 생각까지 들자, 왈칵 눈물이 쏟아졌다. 날 서 있던 내가 울어버리자 전공의는 당황했는지 허둥지둥 눈앞에 보이는 페이퍼 타월을 뽑아 내밀었다. 눈가가 쓸려 아팠다. 나는 왜 이렇게 아픈 휴지를 줘요, 하며 타박을 해버렸다. 그리고 그렇게 대화는 끝이 났다.

우파 아버지를 부탁해

다시 대학병원에 아버지를 입원시키면서 나는 여지없이, 이전과 똑같은 일을 또 겪었다. 의사들은 너무 많은 환자를 보느라 이전 차트 같은 건 꼼꼼하게 보지 못하는 듯했다.

일요일에 입원한 아버지에게 몇 종의 CT를 비롯한 검사 지시가 내려왔는데, 나는 뼈 전이 CT에는 동의할 수 없다는 입장을 내보였다. 인턴이 동의서에 선뜻 사인을 하지 않는 나를 의아하게 여기는 듯했지만, 나는 왜 그 검사까지 해야 하는지 직접 들어야겠다고 대답했다.

화요일 아침 일찍, 7시 반도 안 되어 전공의가 찾아왔다. 기척도 없이 커튼을 걷고 우리 영역 안으로 들어왔다. 누워 있던 내게 자신이 누군지도 밝히지 않았다.

전공의는 대뜸 동의서에 사인을 해야 한다고 말했다. 나는 그제야 그가 전공의임을 알았다. 그는,

"9시 반에 예약이 잡혀 있으니 사인부터 하셔야 합니다. 얼른요"

라며 나를 채근했다. 나는 어처구니가 없었다.

"왜 뼈 전이까지 검사해야 하는지, 처음 찍은 CT나 이전 외래 진료 때 내시경으로 확인한 상태에서 뭔가가 더 발견되었는지, 설명을 먼저 해주셔야 사인을 하지요. 아무것도 알려주지 않고 무턱대고 사인하라니요."

외래 진료 때 내시경 검사 결과를 제대로 듣지도 못한 상태였다. 검사 결과나 몸 상태에 대해 먼저 말해줘야 하

는데, 그런 부분은 싹 건너뛰고 사인부터 하라는 게 납득이 되지 않았다.

내가 설명을 듣고 싶다고 하자 전공의는,

"저희가 지금 필요 없는 검사를 하는 게 아니에요. 우선 이 검사는 다 하는 거예요"

라며 내 말을 받았다.

"어떤 증상이 있을 때 하는 검사인지 알려주셔야 순서에 맞죠."

그는 대답하지 않았다.

"다들 그렇게 해요. 시간이 없어요. 사인 안 하실 거죠?"

전공의와 나는 서류 한 장을 사이에 두고 잠시 말을 멈췄다. 내가 말을 않자 전공의는,

"안 한다는 말이죠?"

하더니 가버렸다. 검사부터 하자고 할 게 아니라, 입원한 후로 최소한 한 번은 와서 상태에 대해 설명해줘야 했는데, 그런 과정이 생략되었다.

수요일에 주치의가 회진을 돌 때 전공의도 같이 왔다. 내가 납득하지 못했다는 이야기를 전달받았는지 주치의는 검사는 수술 후 문제 요인이 발견되면 그때 진행하겠다고 했다. 나도 알겠다고 했다. 그리고 아버지가 이전 방광 수술 직후 편마비가 있는 왼쪽 팔다리가 접혀서 굳어지다시피 된 적이 있으니, 아스피린계 약을 끊은 상태에

우파 아버지를 부탁해

서도 문제가 없는지 좀 봐 달라고 부탁했다. 주치의는 아!
그랬죠? 하며 더 잘 챙기겠다고 답했다.

아버지는 입원한 이래 계속 검은 변을 봤다. 먹은 게 문제
인가 싶었지만 그건 아닌 듯싶었다. 잘 챙겨 먹이는데도
변 색깔은 달라지지 않았다. 수요일에 간호사에게 문제를
이야기하자 간호사가 사진을 찍어갔다. 이후 소화기내과
에서도 진료를 받기 시작했다. 그전에 인턴이 와서 항문
에 손을 넣어 검사를 하고 갔는데, 대장 내 출혈이 있는지
파악하기 위해서라고 했다. 다행히 대장에 문제가 있는
건 아닌 듯하다고 했다.

　다음 날 아버지는 변을 보지 못했다. 음식도 훨씬 못
먹었다. 죽도 반 이상 남겼고, 간식도 4분의 1만 먹고 더
못 먹겠다고 식판을 밀어냈다. 일요일부터 아스피린계 약
을 끊었는데, 다음 날 아침에 눈을 뜨자마자 팔이 아프다
며 주물러 달라고 앓는 소리를 했다. 수요일 오후에 주치
의에게 이 내용이 전달되었고, 진통제와 피부에 바르는
연고가 처방되었다.

　그리고 목요일에 재활의학과 전공의가 찾아왔다. 아
버지 몸을 처음 대하듯이 상세히 살펴본 재활의학과 전공
의는 어디에 마비가 왔는지 물었다. 나는 지금까지의 일
을 간단히 브리핑했고, 덧붙여, 지난겨울 MRSA 감염 때

문에 당신에게 문제 제기를 했던 환자와 보호자라는 것도 알렸다. 균 때문에, 라고 하자 전공의의 눈이 한 번 크게 뜨였다. 하지만 과거를 가지고 우리 둘 다 말을 덧붙이지는 않았다.

내가 아버지가 느끼는 통증과 일주일 내내 운동을 하지 못한 것을 걱정하자 재활의학과 전공의는 하루만이라도 운동 치료와 통증 완화 열 치료를 받을 수 있게 해주겠다고 했다. 밀려 있어서 시간이 날지는 모르겠으나 할 수 있도록 해보겠다고 했다.

재활의학과 전공의 말대로 오후에 아버지는 침상을 옮겨 탄 뒤 열 치료를 받고 왔다. 금요일에는 운동 치료도 받았다. 겨울보다 훨씬 몸이 유연해졌고 허리와 팔, 다리에 힘이 들어가는 게 확연했다. 그리고 아버지는 당신을 자주 관리해줬던 물리치료사를 기억해내며 주먹으로 인사를 나누기까지 했다.

아버지는 재활 치료를 받은 공간과 사용했던 기구들, 치료사가 기억난다고 말하며 자신의 머릿속에 떠오르는 것을 스스로 알고 있다는 사실에 잠시 감격한 듯 보였다. 아버지는 한동안 잊고 살았던 자신을 잠시 만끽했고, 알고 있다는 사실에 살짝 흥분한 채 운동에 임했다.

점심 직전에는 위 내시경과 간섬유화 검사를 했다. 내시

경 검사 후 내과 의사가 큰 문제는 없어 보인다고 했다. 그래서 내가,

"그러면 검은 변은 왜 보는 걸까요?"

라고 물으니,

"그랬나요?"라며 오히려 되물었다.

"아니, 그래서 내시경 하자고 하신 거 아닌가요?"

하니, 의사는,

"아, 네. 지금 차트를 더 자세히 보지 못하고 왔습니다"

라면서 입원해 있는 비뇨의학과에 메모를 남기겠다고 했다. 내시경 검사가 끝난 후에도 왜 했는지를 알지 못한 건가, 라는 의문이 들었지만 얼마나 환자가 많으면 그럴까 싶어 입을 닫았다. 나는 너무 많은 사람을 배려하느라 강도 높은 감정 노동을 하는 중이었다.

의사는 마지막으로 아버지의 장에는 큰 문제가 없다는 결과를 알려주고 갔다. 먹는 약에 의해서도 변이 검어질 수 있고 아버지의 장기 상태나 혈액 검사 등으로 미뤄봤을 때 문제가 있을 것 같지는 않다고 말이다.

아버지처럼 입원한 환자이면서 동시에 여러 과의 진료를 받는 경우, 의사들은 전반적으로 차트를 꼼꼼히 읽을 여력이 없는 것 같았다. 그 많은 환자의 병력을 줄줄 다 외고 다닐 수도 없을 것이다. 그러니 보호자가 정확히 파악하고 있어야 하고, 제대로 전달해야 한다. 그리고 어떤

치료를 받는지에 대해서도 알고 있어야 한다. 작년 겨울부터 이어온 간병 기간 동안 가장 중요한 일이라고 실감한 부분이 바로 이 부분이다. 뿐만 아니라 내가 매일 만나는 현실이 나를 각성시킨다. 환자의 권리는 보호자에 의해서만 보호되는 것 같았으니까.

한번은 사인을 받으러 온 마취과 인턴이 아버지의 가슴 위에 파일을 놓고 필기를 하기도 했는데 그건 해도 너무하다는 생각이 들었다.

"몸 위에서는 그러지 마시지."

나는 최대한 목소리를 낮춰 말했다.

인턴은 얼른 파일을 들었지만, 그 정도로 환자의 몸에 무감하다는 데 놀랐다.

물론 이해를 못 하는 것은 아니다. 환자 전체를 보는 사람과 개별자로 임하는 사람의 시각에는 당연히 차이가 존재할 것이고, 익숙해지면 더욱 둔감해지기 마련이다. 그래도 사람이 사람에게 할 수 있는 가장 극적인 처치를 행하는 곳이니 사람이 먼저 보였으면 했다.

환자에겐 치료받을 권리가 있다. 보호자에겐 무엇보다 알 권리, 그리고 상담받을 권리가 있어야 한다. 보호자가 상담을 받기 위해서는 환자에 대해 제대로 체크하고 알고 있어야 한다.

오해의 소지가 있을 수 있어서 첨언하자면, 나는 입원했던 대학병원의 의료 서비스에 대체로 만족했다. 체계적이고 유기적이며, 환자를 보다 섬세하게 케어하는 것은 분명했다. 간호사들은 정말 친절했고 상세하게 설명해줬다. 여력이 된다면 계속 대학병원에 입원한 채로 치료를 마치고 싶었을 정도다. 하지만 상급병원에 그렇게 눌러앉을 수 있는 방법은 없었다. 더 위중하고 위급한 환자들을 위해 아버지는 재활전문 요양병원으로 옮겨가야 했다.

아무리 의료진이 최선을 다한다고 해도 내가 모든 것에 만족할 수 없다는 것을 잘 안다. 특히나 이처럼 변수가 많이 발생하는 곳에서는 더더욱 말이다.

무엇보다도 상급병원에는 환자가 너무 많다. 간호사도, 의사도, 전공의도, 인턴도, 이송 담당 직원도, 물리치료사도 너무 많은 환자를 돌보고 있는 걸 나는 매 순간 목격하고 있다. 감당하기 힘든 일들을 해내고 있음을 알기에, 이 분야의 종사자들이 아닌 이 구조에 대해 볼멘소리를 이어갈 수밖에 없다.

전문적인 분야일수록 그 분야 외부에 있는 사람들은 소외될 수밖에 없다. 전문 지식이 없는 데다 쉽게 알기도 어렵기 때문이다. 누구나 치료받을 수 있는 권리가 우선한다면, 치료받는 대상을 위해서 설계되어야 한다. 그래야만 소외가 최소화될 수 있다. 그런데, 내가 겪고 있는 이 구조는 환자가 아닌 다른 곳을 향해 움직이도록 설계된 건 아닌가, 하는 의문이 들 때가 많다. 불필요한 것들을 줄이면, 정말 필요하고 중요한 의료 서비스를 제대로 제공할 수 있지 않을까?

우파 아버지를 부탁해

나의 이름은

어떤 간호사는 나를 자꾸 "어머님"이라고 불렀고 아버지
는 또 "아버님"이라고 불렀다. 나는 이런 근친스러운 호칭
을 듣기가 거북했고, 여러 번 반복된 시점에서 "어머님 아
닌데요"라며 교정을 시도했다. 하지만 교정은 제대로 실
현되지 않았다. 보호자라는 말이 버젓이 있는데도 불구하
고 굳이 저렇게 부르는 이유가 뭘까 싶었다.

  몇 번을 이야기한 끝에 변화가 있긴 했다. 간호사는
나를 여전히 "어머님"이라고 부르고, 아버지는 "할아버
지"라고 호칭을 바꿔 불렀다. 일촉즉발의 병동 근무 중에
쉽게 쉽게 구분하기 위해 머릿속에 떠오르는 대로 부르는
것은 어느 정도 이해하겠는데, 편하게 다 보호자라고 하
면 되는데 그걸 하지 않는 이유를 모르겠다.

  "미스 김"을 불러젖히던 환자가 이번에는 간호사를

불렀다.

"아가씨! 아가씨!"

간호사가 말했다.

"아버님, 저 아가씨 아니에요."

씽긋 웃으며 말하고는 병실 밖으로 나간다.

Moving is Life!

학교에 출근하는 길이었다. 대학로에서 미아사거리역까지 지하철을 타고 가서 다시 마을버스로 갈아탔다. 마을버스는 배차 간격이 짧은 편이었지만 그만큼 이용하는 사람도 많았다.

나는 뒷바퀴 쪽 자리에 서서 창밖 인도로 시선을 던졌다. 지팡이를 짚은 노인이 아주 천천히 걸음을 옮기고 있었다. 온몸이 흔들리면서 몇 센티미터씩 앞으로 나아갔다. 김기택 시인의 〈다리 저는 사람〉 속 "못 걷는 다리 하나를 위하여 온몸이 다리가 되어 흔들어 주고 있었다"는 구절이 떠오르는 몸짓이었다.

버스는 배차 시간에 맞춰 출발하려는지 멈춰 서 있었고 창 쪽에 앉은 사람들은 모두 노인의 움직임을 바라봤다.

내 앞에 앉은 아주머니가 적막을 깨고 혀를 찼다.

"저러고 왜 밖을 나오냐, 응? 왜 나오냐고."

혼잣말치고는 너무 큰 목소리였다. 남에게 들리게 하는 혼잣말은 동의를 강요하는 성격이 강하다.

"혼자 다니실 수 있잖아요."

내가 한 말이었다.

내 말에 아주머니는 놀란 기색으로 나를 올려다봤다. 나는 눈 마주치는 것을 피하지 않았다. 빙긋 웃어보이지도 않았다.

나는 버스가 출발하기 전까지 내내 노인을 주시했다. 한참을 움직여야 보도블록 하나를 겨우 넘어갈 정도였지만 그게 그렇게 위대해 보였다. 십여 분 동안 고작 몇 센티미터를 걸었을 뿐이었지만 나는 창밖 노인의 생생한 움직임에 진심을 다해 박수를 보내고 싶었다.

'노인장애'라는 말이 있다. 나이가 들면 그 자체로 장애를 가지게 된다는 말이다. 나이가 들면 눈이 침침해지고, 귀가 어두워지고, 행동이 둔해지고, 미각이 둔감해진다. 자주 사레에 걸리다 삼킴장애를 겪기도 하고, 배뇨장애도 나타난다. 수면장애는 너무 흔한 일이다. 언어장애와 인지장애가 차차 심해지고, 관절이나 척추, 근육이 서서히 제 기능을 못하게 되면서 거동장애를 겪기도 한다. 병에 걸리지 않아도 늙었다는 이유만으로 겪는 문제다.

누구나 시간 속에서 늙어간다. 내가 늙어 겪게 될 자연스러운 모습을 미리 혐오하지는 않았으면 한다.

환자의 계급

병원에 있다 보면 지켜야 할 것들이 많다. KF94 마스크를 꼭 써야 하고, 거동이 불편한 환자 옆엔 반드시 요양보호사가 있어야 하고, 병실에는 보호자든 요양보호사든 1명 이상 있을 수 없다. 한 진료과에 3주 이상 입원할 수도 없다. 그 외에도 지켜야 할 것들이 너무 많다.

하지만 모든 원칙과 규칙에는 예외 조항이 있는 법이다. 아버지와 같은 병실에 있었던 신체 마비 환자는 입원한 지 6개월이 넘었다고 했다. 환자의 아들이 의사로 재직 중이라 가능한 일이었다. 그 환자는 요양보호사가 돌보고 있었는데 낮에는 아내와 며느리가 함께 찾아와 1시간씩 앉아 있다 가곤 했다. 환자의 아내는 나를 보고 여러 번 칭찬을 하며 아들만 둘이라 나 같은 딸이 없어 너무 아쉽다고 했다. 며느리한테는 시킬 수가 없으니 말이다. 나

　　　　　　　우파 아버지를 부탁해

는 호응을 하지도, 칭찬에 고마워하지도 않았다. 그들이 누리는 것들 중 상당 부분이 규칙을 어겨서 얻은 것이라 마뜩잖은 마음이 들었다. 공정하지 않음을 알면서도 드러내놓고 문제 삼을 수 없는 내 처지가, 고려할 게 너무 많은 내 상황이 서글퍼졌다.

같이 살아가는, 암

방광암 수술을 하면서 전립선 근처 세포들을 떼어내 조직 검사를 했는데, 전립선암의 악성도를 평가한 점수인 글리슨 점수가 8이 나왔다. 6점 이하는 위험도가 낮은, 8점 이상은 위험도가 높은 전립선암으로 분류된다고 했다. 머리가 띵했다. 또 암이라니! 다음 날 곧장 뼈 전이 검사를 하고 MRI를 찍었다. 의사는 아버지의 뇌경색 때문에 전립선을 제거하는 수술을 하기에는 위험 부담이 크니 호르몬 치료와 방사선 치료를 병행하는 것으로 하자고 했다. 그래서 방사선 치료를 담당하는 의사와 면담을 가졌다.

아버지는 총 28번의 방사선 치료를 받아야 했다. 월요일부터 금요일까지 매주 다섯 번씩 치료받아야 한단다. 거동이 불편하니 입원해서 받으면 될 거라고 했다.

상담 이후 아버지는 호르몬 주사를 맞았다. 테스토스

우파 아버지를 부탁해

테론을 약화시켜서 전립선암의 먹이를 차단하는 방식으로 치료를 하는 것이었다. 다행히 국소 부위에만 있는 암세포들이라 80~90퍼센트 완치가 가능할 거라고 주치의는 내다봤다.

의사인 지인이 말하길, 요즘은 전립선암으로 사망하는 경우는 거의 없다고 했다. 발병이 쉬운 편이지만 치료도 억제도 잘되는 편이니 그냥 계속 관리하면서 함께 살아가야 한다고 말이다.

너무 가까워서 멀어지는

처음 입원했을 때, 아버지는 가족을 많이 찾았다. 사정상 오지 못하는 형제들은 영상통화를 걸어왔다. 입원 기간이 길어지고 아버지의 인지가 오락가락하면서 그런 것도 더 이상 하지 않게 되었다. 아버지도 차츰 다른 가족들을 찾지 않게 되었다.

그런데 어느 날부턴가 갑자기 막내를 찾기 시작했다. 요양병원 면회는 가능하지 않으니 아버지가 대학병원에 외래 진료를 받으러 가는 날, 막내가 아버지를 보러 오기로 했다.

우리가 매번 가는 죽집에 도착했을 때 손 여사와 막내는 이미 도착해 기다리고 있었다.

"아빠 그렇게 보고 싶어 하던 막내 왔네."

내가 말하자 아버지는 막내를 가만히 쳐다만 봤다. 입

우파 아버지를 부탁해

원하고 처음 본 것이었다.

"아니고, 어릴 때 막내가 보고 싶다."

아버지는 다소 문학적인 대답을 하고 다시 먼 곳으로 시선을 옮겼다. 그런 아버지를 보며 아버지 막내는 계속 울었다.

나는 아버지에게 죽을 떠먹여드리라고 시켰다. 막내는 숟가락을 들고 죽을 떠먹이기 시작했다. 그렁그렁 콧물을 삼키면서.

하지만 아버지는 몇 숟가락 드시지 못하고 그만 사레가 들리고 말았다. 켁켁 소리를 내며 숨을 몰아쉰다. 그러자 막내는 눈을 꽉 감으며 울어댔다.

나는 막내 손에 들린 숟가락을 받아서 아버지에게 죽을 떠먹였다. 한 숟가락씩 차분하게. 숨을 삼킬 때는 잠시 쉬었다가 입속에 넣어주었다.

형제끼리 있는 단톡방에서 나오게 된 건 막내와의 다툼 때문이었다. 나는 가족에게 꽤 책임 있는 일원이지만, 정 없이 바른 말만 하는 냉정한 인간이기도 했다. 현실이 그러하니 누군가는 정신을 바짝 차리고 일을 처리해야 했기에 더 냉정하고 딱딱하게 굴었다. 응당 그래야 한다고 생각해서 더 그랬다.

하지만 모두에게는 저마다의 형편과 사정이라는 게

있고, 때마다 발생하는 불가피한 상황이라는 게 있는 법이다. 그럼에도 모두가 각자의 입장만을 먼저 이야기하는 게 몹시 못마땅했던 나는 막내의 자기항변에 발작 버튼이 눌린 사람처럼 더 거세게 응수했다.

안 그래도 다정한 자매지간은 아니었는데 티격태격 말싸움이 오가자, 우리는 연을 끊자고 했다. 나는 아버지도 못 보겠다는데 형제는 무슨 의미가 있을까 싶었다. 나는 매몰차게 동생을 몰아세웠고 마흔이 넘은 동생도 언제까지나 내 기세에 밀리던 막내가 아니었다.

청유형과 명령형의 차이는 발화자의 포함 여부가 가른다. 나는 언제나 청유형으로 말했다고 생각했는데, 내가 포함된 모든 행위의 말들이 명령처럼 느껴져 저항감을 키운 모양이었다.

감정을 많이 쏟고 나면 그만큼 허탈감이 밀려온다. 우리는 그런 상태로 시간을 보냈다. 미안하고 서운하고 미워하는 마음을 가진 채 가끔은 서로를 그리워하기도 했을 것이다. 그러면서도 나는 동생의 무책임함을 용서할 수 없었고, 동생은 자기 나름대로 책임 분배에 대한 기준을 독하게 밀어붙이는 나를 참아낼 수 없었을 것이다.

막내의 얼굴을 다시 보니, 어느새 나만큼 늙어 있는 모습에 기운이 빠졌다. 아버지가 그리워하는 어린 시절의 순종적인 막내를 나도 그리워하고 있었던 듯싶다.

가족이 대상이 되어 발현되는 감정에서 자유로울 수 없는 이유는 그 감정이 오롯이 내게 되돌아오기 때문일 것이다. 아버지를 좋아하는 게, 손 여사를 미워하는 게, 역시 나를 좋아하고 미워하는 일이기도 하다. 좋은 것도, 싫은 것도, 화가 나는 것도 휘발되지 않는다. 감정을 아무리 발산해도 마음이 가벼워지지 않는다. 그 대상이 너무나 가까이 있어서 그렇다.

3부

당신의 생에 관심이 있다

나의 좌파 고양이 아담

나는 묘표 앞에 '고양이의 묘'라고 적고 뒤에 '이 아래에 번개 번쩍이다 저
물녘인가'라고 적었다.

— 나쓰메 소세키, 〈고양이의 무덤〉

2021년 10월 17일 저녁 10시 22분.

나는 설거지 중이었다. 그때 한 번도 들어본 적 없는 아담
의 비명이 들렸다. 나는 얼른 고무장갑을 벗고 아담에게
달려갔다. 두 손으로 아담의 얼굴을 받치자 아담은 잠시
나와 눈을 맞췄다. 이윽고 두 번째 발작과 닮은 절규를 하
고 푹 쓰러졌다.

아담의 눈에서 눈물 한 방울이 떨어졌고, 송곳니 아래
로 침이 흘러나왔다. 침대 시트 위로 오줌이 번졌다. 나는
두 손으로 붙잡고 있던 아담의 머리를 내려놓고 비명을
질렀다.

내 몸의 모든 근육에서 힘이 빠져나가는 듯했다. 너무
놀라면 근육이 풀리기도 한다는 걸 그때 처음 경험했다.

나는 가장 가까이 사는 친구 민우에게 전화를 걸었다. 무슨 말이라도 해야겠는데 말이 나오지 않았다. 내 입에서는 그저 아, 아, 아 소리만 이어졌다.

얼마 후 민우와 두두에서 함께 일하는 웅수가 집에 도착했다. 고양이를 키우고 있고 얼마 전 한 마리를 무지개다리 너머로 보낸 웅수는 아담을 만져보고 이렇게 말했다.

"누나, 아직 따뜻하니까 병원부터 가보자."

우리는 민우 차를 타고 24시간 문을 여는 동물병원을 찾아갔다.

야간 당직 의사는 아담의 상태를 잠시 확인한 뒤 죽음을 확정 지었다. 이미 아담의 혓바닥에서 청색증이 보인다면서 뭘 어떻게 해서 되돌릴 방법은 없다고 했다. 나는 눈을 뜨고 있는 아담의 눈을 감겨줄 수는 없느냐고 물었다. 의사는 고양이의 경우, 뜨는 근육은 많은데 감는 근육은 하나뿐이라 잘 감기지 않을 것이라고 설명했다. 그러고는 아담이 아주 영양 상태가 좋다고 말해줬다. 병에 걸린 고양이들은 금세 몸이 식는데 아담은 아직 따뜻하다고 말이다. 돌연사할 정도로 몸 어딘가가 병들어 있기는 했을 것이라고도 했다. 하지만 고양이들은 아주 나빠지기 전에는 티가 나지 않아 알아채기 어려웠을 거라고 내게 면죄부를 주었다.

병원을 나선 우리는 병원에서 소개해준 동물 전용 장

우파 아버지를 부탁해

례식장으로 향했다. 12시가 지난 시간이었고 세상은 온통 캄캄했다. 나는 아담을 담요에 싸서 안고 있었는데, 어느새 아담의 눈이 감겨 있었다. 내 말을 들은 것 같았다.

아담은 나와 15년가량 같이 지냈다. 크게 병치레를 한 적 없이 잘 지냈다.

날이 추워지면 아담은 내 몸에 자신의 몸을 바짝 붙이고 살았는데 날이 풀리면 언제 그랬냐 싶게 거리를 뒀다. 내 슬리퍼에 앞발을 넣고 쉬는 것을 좋아했고, 집에 놀러 오는 사람들을 가려서 처신했다. 고양이를 싫어하는 사람은 아담도 싫어했다. 쫓아낼 요량인지 그 사람이 갈 때까지 우는 소리를 내기도 했다.

바라를 입양하고 나서부터 아담은 질투를 많이 했다. 하지만 어린 바라가 성묘가 될 때까지 살뜰하게 보살피기도 했다. 바라가 간식을 다 먹을 때까지 옆에서 기다렸고, 바라가 물러선 이후에나 간식을 먹었다.

나는 바라가 성묘가 된 다음부터는 아담에게 항상 우선권을 줬고, 서열을 잘 유지할 수 있게 신경을 썼다.

아담과 나는 서로 다른 언어를 썼지만 세상 그 누구보다도 소통이 잘되는 사이였다. 우리는 최소한의 표현으로도 충분히 감정을 나누었는데, 그런 방식으로만 감정을 나누어도 부족함이 없다 싶을 정도였다. 나와 투닥거리긴 했지만 세상에서 가장 친한 친구였고 사랑의 대상이었다. 갈등 없이 순도 높은 사랑을 한지라 아담의 부재는 너무 처절하게 내 마음을 찢었다.

가평 끝에 자리한 동물 전용 장례식장은 24시간 운영되는 곳이었다. 장례를 준비하는 다른 가족들도 보였다.

장례식장에 도착해서도 아담의 몸은 식지 않았다. 나는 상담할 때 정했던 시간을 1시간씩 계속 뒤로 미룰 수밖에 없었다.

그사이 장례지도사는 내게 아담의 관과 유골함, 장례 비용 등에 대해 설명해줬는데 무슨 정신으로 들었는지 모르겠다. 나는 눈물을 흘리면서도 계속 무언가를 결정해야 했다. 어차피 타버릴 관이었지만 해줘야겠다고 생각했기에 오동나무 관을 선택했고, 자기로 된 유골함을 골랐다. 수의는 하지 않겠다고 했는데, 염을 할 때 종이 수의라도 하라고 해서 한지로 된 수의를 입혀 관에 눕혔다. 한지 수의를 입은 아담을 보니 안 한 것보다 나은 듯이 보였다.

장례식장에서는 화장 직전에 생전 사진을 화면에 띄우고 장례식을 할 수 있게 해주었는데, 머릿속이 너무 멍해서 아무 생각도 들지 않았다.

장례식장에 도착하고 나서도 심하게 우니까 장례지도사는 너무 울면 안 된다고 나를 다독였다. 그러면서 같이 키우는 고양이들 중 한 마리가 먼저 가면 다른 고양이도 금세 같이 따라간다고 덧붙였다. 지난번에 왔던 사람이 금세 다시 오기도 한다면서 여기 있으면 그런 사람들을 많이 본다고 했다. 나를 걱정해서 하는 소리였지만 나는 그 말이 너무 저주같이 들렸다. 이때가 내가 숲속 장례식장에서 유일하게 정신이 들었던 순간이다. 그런 걱정일랑은 제발 넣어두시길 바랐다.

아담의 관이 화장 가마에 들어가고 얼마 안 되어 하얀 뼛조각 몇 개만 남은 채 나왔다. 담당자는 내게 뼈를 한번 보여준 뒤 절구에 넣고 몇 번 빻아 종이에 담아왔다. 장례지도사는 내가 선택한 유골함에 뼛가루를 넣고 봉인해주었다. 그러면서 뼈를 한 번 더 태운 뒤 목걸이에 담으면 영원히 함께할 수 있다고 말했다. 나는 거절했다. 아담을 두 번 뜨겁게 하고 싶지 않았고, 그런 작업들이 아니어도 나는 아담과 영원히 함께할 수 있어서였다.

유골함을 가지고 집에 돌아오니 날이 밝았다. 아담의 장례식을 함께해준 친구들 덕분에 나는 덜 무섭게 장례를 치를 수 있었다.

나는 한동안 침대 위 아담이 떠난 쪽에 머리를 두고 잠을 잤다. 아담이 너무 보고 싶어서 아담의 사진을 컬러로 출력해 벽에 붙여두었는데, 생전 야옹 소리 한 번 내지 않던 바라가 너무 심하게 울기 시작했다. 아담을 알아봐서인지, 그리워서인지 알 길이 없었지만 종종거리며 우는 바라 때문에 계속 붙여둘 수가 없었다.

한동안은 바라가 어떻게 될까 봐 잠에 들지 못했다. 눈을 감았다가도 다시 일어나 바라의 가슴에 귀를 대고 심장 소리를 들었다. 자는 바라를 흔들어 깨운 적도 있었다. 다행히 장례지도사가 말한 몇 달은 그냥 지나갔다.

슬펐지만 밥이 들어갔고, 잠이 왔다. 책을 냈고, 사람들도 만나러 다녔다. 차츰 자주 웃었고, 어느새 원래의 나로 돌아가 바쁘게 살았다. 그래도, 어느 순간 아담을 떠올리면 나는 목이 메어왔다. 슬퍼서라기보다는 그리워서였다. 내 몸보다 언제나 1도 높았던 아담의 따뜻한 체온에 목말라서였다.

바라는 아담 사진을 아무리 걸어놓아도 아담을 알아보지 못한다. 한 6개월 정도까지는 사진만 걸어두면 옹애옹애 하며 왔다갔다 했는데 이제는 완전히 아담을 잊었다.

나는 이제 바라와 함께 야간 작업을 한다. 늦은 밤까지 책상 한쪽에 앉아 잠자던 아담을 뒤이어, 바라가 그 자리에 앉아 나를 본다. 전에 없이 가끔 야옹 소리를 내며 하품을 한다. 딴 생각 말고 얼른, 얼른 마무리하라고 재촉한다.

국립과 사설의 차이

널리 알려진 대로 병원^{Hospitium}은 중세 수도원에 딸린 숙박 시설에서 유래된 단어다. 순례자들이 쉬어가기도, 요양을 위해 머무르기도 했던 숙박시설은 19세기 과학적 의료가 시행되면서 병원의 형태로 거듭나게 되었다. 현대적 병원 형태를 갖추기 전까지 병원은 공익적이고 자선적인 성격이 강했는데, 지금의 병원을 생각하면 그 뿌리를 점점 잃어가고 있는 건 아닌지 고민이 될 때가 많다.

대학병원에 입원했던 아버지는 다시 요양병원으로 전원했다. 여러 문제 제기를 많이 했던 터라 다른 요양병원으로 옮기고 싶었는데 다른 곳에서는 아버지를 받아주지 않았다. 환자라고 다 같은 환자가 아니었다.

아버지를 받아주는 곳은 이전의 요양병원이 유일했다. 나는 눈물을 머금고 아버지를 옮겼다. 두 번째로 옮겨간 이후에도 몇 번 대학병원에 입원을 했다가 돌아갔다. 중환자실에 들어가기도 했다. 담낭에 돌이 있다며 관을 꽂아 배액을 시켜야 한다고 했다. 중환자실에서 일주일을 보낸 아버지는 일반 병실로 옮겨갔다. 그 후 곧바로 퇴원해야 했다.

그사이 대기 중이었던 국립요양원에서 입원이 가능하다고 연락을 해왔다.

그런데 요양원에서 요구하는 서류들을 요양병원이 발급해주기를 꺼렸다. 몇 번이나 요청하고 또 요청해서 겨우 퇴원할 수 있게 되었는데 퇴원을 하루 앞두고 아버지 몸에서 배액관이 빠졌다는 연락이 왔다. 요양병원에는 그걸 처치해줄 의사가 없었다. 나는 요양병원으로 가는 내내 아버지를 무탈하게 요양병원에서 요양원으로 옮길 수 있기만을 바랐다.

응급실에서 하루를 보내고 다음 날, 내과 의사는 관은 빠져도 상관없다며 두고 보자고 했다. 의사는 나른하게 반쯤 감긴 눈으로 모니터만 쳐다봤다. 진료를 보는 내내 아버지나 내 쪽으로는 고개도 돌리지 않았다. 모니터에 눈을 뗄 수 없을 만큼 중요한 내용이 있어서인지, 환자를 눈으로 확인할 필요가 없는 것인지. 그것도 아니면 무시나 멸시로밖에 읽히지 않을 태도로 약 3분간의 진료를 이어갔다. 건조하다 못해 무성의한 목소리를 들으며 나만 아버지의 상태를 위중하게 여겼나 싶기도 했다. 응급실을 나와 다시 요양병원에 들어갔고 이틀이 지난 후 완벽하게 요양병원과 결별할 수 있었다.

요양병원에서 서류를 발급받고 요양원으로 들어가는 날에는 나, 남동생, 그리고 손 여사가 함께했다.

담당 간호사와 상담을 마친 뒤 사회복지사와 면담을 가졌다. 사회복지사는 내 이름을 주 보호자로 적어 넣으며 물었다.

"다른 가족분들과의 접촉은 방지할까요?"

생각지도 못한 질문에 놀란 나는,

"왜요?"

라고 되물었다.

"그렇게 해 달라는 분들이 많으셔서요."

이해가 되기도 했다.

"아휴, 제발 와서 아버지 좀 보고 가면 저야 더 바랄 게 없겠네요."

내가 부모자식 사이를 막는 일은 하고 싶지 않았다. 아버지를 보길 원한다면 보길 바랐다.

요양원에 들어간 뒤 아버지는 요양병원에 있을 때보다 더 안정을 찾았다. 이제는 지린내도 나지 않았고, 낯빛이 좋아졌다. 요양원 관계자들은 규정과 체계가 갖추어진 시설에 아버지를 맡겼다는 생각이 들게끔 해주었다.

　그동안 왜 굳이 요양병원을 고집했는지 후회가 들 정도였다. 조금이라도 재활할 수 있기를 희망했기에 한 선택이었는데, 나는 너무 현실을 몰랐다. 결과적으로 재활은커녕 암이 재발할 정도로 환자 관리가 되지 않는 시스템에 아버지를 맡긴 셈이었다. 환자를 수익 모델로만 취급하는 기괴하고 이상한 시스템 안에서 환자는 그저 살아 있기만 하면 되었다.

　일부 사설 요양시설이 불만족스러운 서비스를 제공할 수 있는 이유는 보험금 청구를 국가에 하니 보호자를 별로 신경 쓰지 않아도 되기 때문이다. 게다가 기하급수적으로 늘어난 요양시설에 대한 관리 감독 또한 제대로 되지 않고 있다는 점이 큰 문제이다. 의료시설이 아니라 영업사업장 같은 곳이 된 건 관리 감독 의무를 저버린 주무 관청의 책임이 아닐까.

약국마다 달라요

몇 년 전, 약국 체인 회사 '위드팜'의 자문으로 일한 적이 있다. 회사와 연결되다 보면 그 회사의 사정을 들여다보게 되는데, 내가 알던 회사들과는 사뭇 다른 좋은 점이 많았다. 그러니 나에게도 애사심이 생겨버렸다. 약을 살 일이 있으면 위드팜 약국을 찾아가게 되었다. '내 손 안의 약국'이라는 어플을 깔아 약 처방 내역도 스스로 관리하고 있다.

아버지의 경우 요양원으로 옮긴 이후부터 6개월치 약을 한꺼번에 타고 있는데, 약국에서는 꽤 반가운 손님일 것도 같다. 약제비 내역서를 보면 거의 2백만 원에 가까운 금액이 적혀 있으니 말이다. 그런데도 정제를 가루로 빻아주지 않는다고 해서 위드팜 약국으로 가서 약을 타보기로 했다.

몇몇 약은 성분은 같으나 회사가 달라 병원에 전화를

해서 변경했고, 변경이 안 되는 약은 며칠간의 수배 후에 받았다.

그런데 전체 처방 내용은 지난번과 거의 달라지지 않았는데 약값 차이가 많이 났다. 보험 보장 금액을 빼고 내가 내는 돈도 반 정도로 줄었다. 왜 이렇게 차이가 많이 나지?

문의해보니, 찾는 약이 없을 때 동일 성분의 다른 약으로 대체할 수 있는데 대체된 약값이 싸면 가격 차이가 날 수밖에 없다고 한다. 현재 우리나라는 '상품명 처방'을 하고 있어서 이런 일이 생길 수 있다고. '성분명 처방'을 하는 미국의 경우 고객의 경제적 상황을 고려해 동일 성분의 다른 약을 선택해주는 것도 약사의 일로 보고 있다고 하니, 약을 상품으로 택하는 게 나은지 성분으로 택하는 게 나은지는 고려해볼 사안이 아닌가 싶다.

그리고 약 가격은 약국마다 정하기 나름이었다. 한번은 여행을 가는 길, 공항 약국에서 가네톡을 사려고 했는데, 시중의 5배 가격이었다. 내가 놀라 되물으니, 여기서는 그렇게 판단다. 정찰제가 아니라 권장소비자가격이다 보니 다소 차이가 있을 수밖에 없었다.

병원과 연계된 약국을 이용하는 환자들은 대부분 비슷하게, 일체의 질문 없이 약을 요청하고 타올 것이다. 아는 만큼 절약할 수 있을까?

기억의 천재 동성 씨

요즘 부쩍, 손 여사는 아버지를 찾는다. 말도 않고 혼자 요양원에 갔다가 헛걸음을 하기도 한다. 예약이 필수인데, 몇 번을 이야기해도 그런 규칙에 따라 일정을 짜고 움직이는 건 손 여사에게 여전히 너무 어려운 일인가 보다.

그럴 때마다 손 여사는 내게 연락을 한다. 이번에도 나는 마지못해 손 여사가 말하는 시간에 약속을 잡고, 손 여사를 만나러 갔다. 시간을 더 낼 수 없을 때는 달래기도 하지만, 어지간하면 청을 들어주려고 노력한다.

지난번 면회 때 아버지가 너무 살이 빠졌다며 내내 걱정하던 손 여사. 역시나 예정되어 있지 않았던 면회는 성사되지 못했다. 대신, 영상통화를 할 수 있었다.

아버지는 나를 보고 반갑게 인사를 하면서 손을 흔들었다. 간식으로 사서 올려 보낸 바나나를 먹으며 인사를 한다.

"고맙다."

아버지는 늘 내게 "고맙다"라고 말한다. 그리고 손 여사를 보자 소년같이 환한 웃음을 지으며 말한다.

"여보 사랑해!"

이런 고백, 낯설지 않다. 아버지는 그런 말이 어색한 사람이 아니었으니.

그런데, 또, 그 말을 귀가 어두워진 손 여사가 못 들었다.

"뭐라니?"

"엄마, 사랑한대."

내 말에 손 여사는 마르고 주름진 두 손을 펴 얼굴 전체를 가리고 웃었다. 아버지만큼 좋아하는 기색을 감추지 못하는 손 여사. 나는 가끔 두 사람의 이러한 행태를 "지독한 사랑"이라고 부른다.

나란히 앉아 아옹다옹하며 송곳니를 드러내기도 하는 두 사람은, 평생을 다정하기만 하면서 살지 못한 부부임에도 저렇게 곧잘 사랑 고백을 하고 자주 은근히 손을 잡고 다니고, 그보다 더 자주 서로에 대한 애틋한 마음을 감추지 못하는데, 나는 그 복합적인 애증이 불편했던 적도, 어색했던 적도, 거북했던 적도 있었다. 하지만, 지금은 이 지독한 사랑을 하는 노부부를 부러워한다. 혼자 늙으면 추해진다고 자주 말했던 손 여사의 말을 조금은 이해할 수도 있을 것 같다. 부러우면 지는 건데.

우파 아버지를 부탁해

"아빠, 나는?"

나는 부러움을 참지 못하고 이렇게 물었다.

아버지는 나를 보고 말한다.

"고맙다."

아버지는 또 "고맙다"라고 말한다. 남동생에게는 "대견하다"라고 말한다. 여전히 어린애인 줄 알았는데 제법 어른스러워졌다고, 늘 같은 말로 동생을 수식한다. 손 여사에게는 밉고 싫다고 화를 내면서도, 여전히 "사랑한다"라고 말하는 아버지.

나는 아버지를 보면 보르헤스의 《픽션들》 속 〈기억의 천재 푸네스〉를 떠올린다. 낙마 사고로 병상에 누운 푸네스는 모든 명사를 정확하게 수식하고, 모든 말을 고유어처럼 받아들인다. 그래서 그 어떤 것으로 대체될 수 없는 "그것"으로 기억하는 기억의 천재 푸네스.

처음 보르헤스를 읽었을 때는 이 난해한 독서가 과연 나에게 얼마나 남을 것인가, 왜 나는 이 명작이라는 텍스트에 감화되지 못하는가, 하며 두려워하고, 고통스러워하기까지 했는데, 가끔, 문득, 보르헤스의 문장들이 내게 어떤 길을 제시할 때가 있다. 그리고 더 자주, 어떤 이미지와 묘하게 겹쳐 생각을 이어갈 때가 있다.

내 삶 속에서 불쑥 겹치는 보르헤스의 문장. 나는 아버지의 말간 얼굴에서, 이가 송송 빠진 채 헤 벌어진 입속에서 튀어나온 말들을 들으며 기억의 천재 푸네스를 상상했다. 움직이지 못하는 몸이지만, 여전히 손 여사를 "사랑하는 여보"라고 부르고, 나를 "고마운 딸"로 수식하며, 두 아이의 아빠로 사십 대 중반에 이른 남동생의 어른스러움을 처음 체험하는 듯, 여전히 "대견한 아들"이라고 말하는 아버지. 아버지에게 손 여사와 나, 그리고 남동생이 그렇게 고유명사처럼, 어쩌면 가장 정확하고, 적확하게 기억되는 것인지도 모른다.

직접 대면하지 못한 면회 때문에, 우리는 가장 빠르게 면회를 할 수 있는 날을 다시 예약해두고 돌아왔다.

우파 아버지를 부탁해

감정과 사실 사이 어딘가

면회 날, 나는 처음으로 차를 두고 집을 나섰다. 책을 읽기 위해서였다.

낮 시간의 4호선 지하철 안은 붐비지 않았다. 나는 선 채로 책을 펼쳤고, 언제나처럼 책을 읽어나갔다. 오늘의 책은 아고타 크리스토프의 《존재의 세 가지 거짓말》이다. 나는 글이 안 써질 때마다 이 책을 꺼내 읽는다. 읽을 때마다 새롭고, 늘 새로운 각성을 안기는 좋은 교과서이다. 쌍둥이인 루카스와 클라우스는 시골 할머니집에 맡겨져 여러 연습을 하며 더욱 강한 존재가 되어간다. 1부 비밀 노트에 그 경험이 기록되어 있다.

나는 다음 부분에서 멈췄다. '우리의 공부' 편에서 두 형제는 감정을 나타내는 말을 피하고, 되도록 사실에 입각한 묘사에 충실하려고 한다. 하지만 문장을 쓸 때 완전히 감정을 배제하는 게 가능할까? 또, 감정을 나타내는 말이 모호하지만 모호함은 무조건 배제해야 할까? 사실만을 적시했을 때 그 묘사만으로 읽는 사람을 감화시킬 수 있을까? 그렇다면 어느 정도의 감정과 사실을 배합해서 문장을 작성해야 할까. 그에 대해 진지한 질문을 던지는 대목이다.

한참 책을 읽고 있는데, 내 대각선 자리에 앉은 아주머니가 일어나서 내게 자리를 양보했다. 나는 고맙지만 괜찮다고 여러 번 말했다. 하지만 내가 몇 번을 사양해도 아주머니는 나를 기어이 앉히고야 말 기세였다.

"저 임신부 아니에요."

정말 내뱉고 싶지 않았지만, 나는 그렇게 말하고 말았다.

나는 아주 가끔, 지하철에서 자리를 양보받곤 하는데, 내 살집 때문에 그러한 것 같다. "같다"라고 표현하는 이유는, 나도 그 까닭을 잘 모르기 때문이다. 내게는 임신의 징후 같은 게 없는데도, 루즈핏 원피스를 입을 때면 종종 그런 일이 발생한다. 전에는 마음이 상해서 절대 앉지 않았다. 친절하게 자리를 양보한 젊은이에게 "왜죠?"라며 통명스럽게 반문한 적도 있었다. 물론 그들의 선의는 감사하게 받아들이고 있다. 오늘은 프랑스 여행을 했을 때 자일

즈가 잘 어울린다며 추천해준 풍덩한 린넨 원피스를 입고 있었다. 그것 때문에 그렇게 보일 수도 있을 거라고 생각했다.

그런데,

"앉아서 책 읽으라고요. 서서 읽으면 힘드니까. 나는 금세 내려요."

아주머니는 어서 앉으라며 손으로 빈 의자를 가리켰다. 지하철에서 책 읽는 사람을 오랜만에 보셨을 수도 있겠다 싶었다. 나는 잠시 망설였지만 이내 자리에 앉아 책을 읽었다. 책이 이런 경험도 하게 해주네, 싶었다. 동시에 두어 번의 경험으로 새로운 상황을 재단할 필요는 없었는데, 하는 자책이 밀려왔다.

요양원 앞에 도착해 손 여사에게 전화를 걸었다. 늦는 게 일상다반사이니, 좀 일찍 전화를 걸었다. 들어가기 전에 자가진단키트로 코로나19 검사도 해야 했으니까.

그런데, 손 여사는 불과 이틀 전에 나와 한 약속을 까먹은 모양이었다. 뭐, 나는 그리 놀라지 않았다. 자기중심적으로 세상을 살아온 손 여사에게 익숙하기도 했고, 이렇게 약속을 무르거나 깨는 일이 종종 있었던 터라 덧붙일 말도 없었다.

그런데! 손 여사는 정말 놀란 모양이었다. 자신이 정

말 중요하게 생각하고 있던 일인데, 까맣게 잊었다며 놀란 것을 감추지 못했다.

"큰일이다!"

나는 놀라는 손 여사가 너무 생경했고 이렇게 놀랄 일인가 의아했다. 하지만 손 여사는 자신의 기억에 문제가 있을 수 있음을 강렬히 실감할 모양이었다. 몇 번이고 "큰일"을 운운했다.

나는 부모의 재산이 어느 정도인지 모른다. 세입자들이 얼마에 세 들어 사는지, 채무가 또 얼마나 있는지 모른다. 손 여사 혼자 손에 쥐고 놓지를 않으니까. 그래도 대강은 정리를 해두라고 말을 하긴 하는데, 자기가 다 알아서 한다고 늘 큰소리를 친다. 뭐, 당연한 일이다. 손 여사가 이룬 재산이니까.

"이참에, 엄마 기억도 문제니까, 장부를 적어서 정리 좀 해놔"

라고 했더니,

"또, 그 소리야!"

라며 전화를 끊는다.

자식들 말은 정말 되게 안 듣는 손 여사. 포기다.

덕분에 나는 아버지와 40분간 둘만의 데이트를 했다. 아버지는 나를 보더니 이렇게 사느니 죽는 게 낫다는 말부터 꺼냈다. 절망이 가득 내려앉은 아버지의 얼굴을 마주하니 온몸에서 기운이 빠져나가는 것 같았다.

나는 아버지를 어르고 달랬다. 아이들의 호기심을 자극할 때처럼 휴대폰 사진첩을 열어 사진을 보여줬다. 사진첩에는 온통 아담과 바라 사진뿐이라 이 둘의 사진을 먼저 보여줬다.

"아빠, 아담 기억 나?"

"나지. 많이 컸나?"

아버지는 아담에 대해 물으면 언제나 "많이 컸나"를 묻는다.

"작년에 저세상으로 떠났어."

저번에 말했을 때도 그랬는데, 아버지의 눈이 놀라 동그래지더니, 금세 아득해진다.

"와?"

"몰라, 갑자기 그렇게 갔어."

아버지가 잠시 말이 없다. 죽음이라는 건, 죽음이라는 게 뭔지 아는 사람에게만 닥치는 공포니까. 나는 공연한 행동을 했나 싶어 화제를 전환해, 오는 동안 자리를 양보받은 이야기를 하며 내 옷이 이상한지 물었다.

"좋아 비네."

좋아 보인다고 말하길래 나는 아버지에게 자일즈네 집에 갔을 때 사진을 보여줬다. 아버지는 자일즈네 집과,

마당과, 소 떼를 흥미로운 듯이 바라봤다.

"참 좋네."

"아빠, 어디 가고 싶은 데 있어?"

다음 외래 진료 때 큰 이상이 없으면, 하루 정도는 외출을 해서 가족들과 시간을 보낼 생각을 하고 있던 터라 그렇게 물었다.

"시골에."

아버지는 고향에 가고 싶어 했다. 경남 고성. 바다가 멀지 않은 작은 시골 동네에. 하지만 아버지의 몸으로 가기에는 너무 먼 곳이다. 그리고, 이제 아버지의 형제들은 아무도 생존해 계시지 않는다.

나는 먹는 이야기로 화제를 돌려 다음에 장어를 먹으러 가자고 말했다. 아버지는 이가 안 좋아지고 나서 부드럽게 씹히는 장어구이를 참 좋아했더랬다. 나는 아버지와 손가락을 걸고 장어를 먹으러 가자고 약속했다. 장어 이야기가 한창일 때 요양원 직원이 면회 종료를 알려왔다.

집에 오는 길에는 책을 읽지 않았다. 여러 생각이 꼬리를 물고 이어졌다. 나는 지하철에 탄 사람들의 움직이는 발을 내내 바라보며, 아버지를 생각했다.

나의 기억의 천재 푸네스인 아버지에게 내가 단 하루라도 나란히 움직일 수 있는 두 발이 되었으면 했다.

우파 아버지를 부탁해

어쩌면 모두가 어느 정도 공평한지도

외래 진료가 있던 날. 어김없이 나와 남동생은 아버지를 모시기 위해 아침 일찍 움직였다. 남동생은 연차를 썼고, 나는 진작부터 화요일 일정을 비워두었다.

코로나19 백신 4차 접종이 있는 날이기도 했다. 외래 진료는 1시 54분으로 예약되어 있었지만, 2시간 전에 도착해 피 검사와 소변 검사를 해야 했다. 그리고 그보다 먼저, 오전에 백신 4차 접종을 받았다. 아버지는 아스트라제네카로 1차, 2차 접종을 받았고 3차 때는 모더나였다. 4차는 화이자를 맞기로 했다. 3차 접종을 받은 지 얼마 안 된 지난 3월에는 코로나19에 감염되어 팍스로비드를 처방받기도 했다. 다행히 금세 완쾌되었다. 이런 전력과 여러 중증 질환을 앓고 있는 고위험군 환자라는 사실 때문에 백신 접종을 미룰 수 없었다.

대학병원에 도착해서는 공복 상태로 소변 검사와 피 검사를 받았다. 소변 검사는 방광암 때문에, 피 검사는 전립선암 때문에 하는 것인데, 매번 소변 검사는 실패한다. 남동생이 데리고 가서 시도를 해보지만 아버지는 매번 소변을 보지 못한다. 그리고 그때부터 기분이 상해 내내 짜증을 낸다. 몸을 가눌 수 없는데, 변기에 앉은 체 아들이 들고 있는 소변 통에 소변을 보려고 애를 쓰자니 여간 힘든 게 아닐 것이다. 여태껏 단 한 번도 성공한 적이 없는 것만 봐도 그 일이 얼마나 아버지에게 큰 스트레스를 주는지 알 수 있다. 요의마저 누르는 스트레스를.

올해 들어서 아버지는 점점 말라가고 있는데, 얼굴 살도 눈에 띄게 빠졌고, 팔과 다리에 붙은 근육도 다 빠져버렸다. 말캉한 지방은 몸 어디에도 남아 있지 않은 듯 보인다. 휠체어에 몇 시간 동안 앉아 있어야 하는 외래 진료 날에는 계속 엉덩이를 들었다 내려줘야 했다. 엉덩이가 눌리는 게 너무 아프다고 아우성을 치기 때문이다.

피 검사도 쉽지 않다. 젊었을 때, 불끈 솟은 혈관을 블러드 파이프라 불러도 됐을 만큼 쌩쌩한 손을 가졌던 아버지. 이제는 어딜 찔러도 피가 나오지 않는다. 찌르고 또 찌르고, 파고들면서 꽂아 넣어야 겨우 피가 나왔다. 찌르다 실패한 바늘을 몇 개나 버리고서야 피를 뽑는 데 성공했다.

우파 아버지를 부탁해

내내 어깨를 잔뜩 움츠리고 아프다고 소리를 지르던 아버지. 별안간 자신의 어깨를 잡고 있던 내게,

"문디 가수나!"

라고 퉁바리를 준다. 짜증이 오를 대로 오른 목소리였다.

"어후, 나도 힘들어, 아빠."

맥이 빠진 내가 이렇게 말하자,

"나는 편하냐?"

라고 반문하는 아버지.

하나도 안 틀린 말에 그냥 웃음이 터졌다.

내가 웃으니 아버지도 웃는다. 금세 또 짜증을 낼 테지만, 그저 웃는다.

모두 안 편하니, 어느 정도 공평한 셈이다.

밤의 기별

나는 가위에 잘 눌리는 편이다. 감정노동이 심했던 날에는 어김없이 가위에 눌린다. 연거푸 가위에 눌리는 날도 있는데, 그런 날에는 담이 든다. 누군가 몸 위에 앉아서 나를 내리누르기라도 한 것처럼 통증을 느낀다. 가슴에 멍이 든 것 같고 몸이 후들후들 떨린다.

아버지 왼 손등에 잇자국 같은 상처가 났을 때도 나는 가위에 눌렸다. 움직일 수 없는 왼손을 스스로 물어서 생긴 자해 상처라고 요양원에서는 말했지만 나는 도저히 납득할 수 없었다. 어떻게 해도 아버지는 왼손을 입 가까이 올릴 수가 없다. 앉으나 누워 있으나 말이다. 그날 밤 나는 꿈속에서 커다란 쿠션에 눌려 허둥거리다 겨우 잠에서 깼다. 이러다 깨지 못하면 어쩌지? 겁이 났다.

아버지가 내 손등을 쥐어 뜯은 날에도 가위에 눌렸다.

상처가 깊진 않았지만 아버지가 나에게 한 첫 가해였다. 나에게만은 안 그랬던 아버지였다.

남편과 시댁에 갔다가 올라오는 길이었다. 요양원 간호사의 전화를 받았는데 아버지가 전날부터 식사를 제대로 하시지 않는다고 했다. 그럼 들러서 식사를 시켜드리고 가겠다고 하고 외출 신청을 했다.

아버지를 모시고 자주 가던 장어집으로 가려고 했는데, 대기 줄이 너무 길었다. 그 옆 한우집도 비슷했다. 또 그 옆 생선구이집은 좀 한가해서 우리는 그리로 가서 자리를 잡았다.

아버지는 내가 식사 수발을 들면 잘 드신다. 직접 숟가락을 들어서 밥에 생선살을 비벼서 연신 입에 가져다댔다. 마치 몇 끼를 굶은 사람처럼.

한 공기를 더 시켜 다시 생선살을 발라 공기에 올려주었다. 조금 흘리긴 했지만 아버지는 숟가락질을 멈추지 않았다. 나는 아버지의 얼굴에 묻은 음식 잔해들을 닦으면서 주변을 정리했다. 대각선 쪽에 있는 테이블에서 시선이 곱지 않아서였다. 휠체어를 타고 식당에 가면 으레 그런 시선을 받는다. 역겨워 못 견디겠다는 표정을 짓는 사람도 많이 보았다. 그 테이블에 앉은 중년 남녀도 그랬다.

나는 그들의 시선이 너무 신경이 쓰여 아버지의 휠체

어를 돌려 입구 쪽을 바라보게 했다. 미안했고, 잠시 화도 났다. 내가 왜 이렇게까지 해야 하는지 서글퍼졌다.

내가 그런 것을 신경 쓰고 있는 것과는 상관없이 아버지는 역대급으로 식사를 잘 마쳤다. 두 공기 다 먹은 건 처음이었다.

그날 밤 나는 또 가위에 눌렸다. 아버지가 꿈에 나와서 내 집으로 들어오려고 했다. 나는 왠지 필사적으로 문고리를 잡고 버텼고, 두 눈썹 가득 성이 난 아버지는 손을 뻗어 내 손등을 쥐어 뜯었다. 아무리 비명을 질러도 소리가 나지 않았다. 꿈인 걸 벌써부터 알고 있었지만 도저히 꿈에서 빠져나올 수가 없었다. 나는 아버지를 불렀다. 제발, 아버지가 조용히 가줬으면 좋겠다고 생각했다. 내 터지지 않는 목소리를 들은 걸까. 처연해진 아버지의 얼굴이 뒤통수가 되어 멀어지고 나서야 나는 자리에서 일어났다.

나는 눈물을 흘리고 있었다.

내 꿈은 내가 생각해도 너무 무서웠다.

꿈은 밤의 기별이다. 나는 꿈을 많이 꾸는 편이다. 하루에 있었던 일들이 재구성되는 꿈도 많이 꾸지만, 상상했던 이미지들이 뒤섞이는 꿈도 많이 꾼다. 꿈은 내가 작가로 살 수 있게 해주는 원동력이며, 에너지이기도 하다.

하지만 더는 가위에 눌리고 싶지 않다.

우파 아버지를 부탁해

나는 너를 기억한다

아버지는 치매를 앓고 있어서 나는 매번 아버지를 볼 때마다 내가 누군지를 묻는다. 아버지는 어떤 때는 "우리 딸"이라고 하고, 어떤 때는 내 이름을 부르기도 한다. 다른 사람들은 다 헷갈려도 나를 가장 먼저 알아보고 반긴다. 나를 못 알아보는 날이 오지 않기를 바라면서, 나는 매번 내가 누군지를 묻는다. 아버지가 머뭇거릴 때마다 내가 누구인지 아버지에게 증명해 보이기 위해 온갖 표정을 만들어내고 기억을 꺼내 들춘다.

결혼을 결심하기 전이었지만 나는 요양원에 갈 때나 아버지가 외래 진료를 받을 때, 남동생이 오지 못하는 때는 남편의 도움을 받기도 했다. 아버지는 낯선 남자의 등장에 놀란 기색이었지만 금세 누가 있는지도 잊는 것 같았다.

새로운 기억을 저장하기 쉽지 않은 상태였지만 아버지에게 매번 남편을 소개했다. 내가 만나는 사람이라고, 셋째사위라고 인사를 시켰다. 하지만 아버지는 남편을 가리켜 누군지 물으면 "몰라" 하며 눈여겨보기만 했다.

남편은 아버지를 휠체어에 앉히거나 차 시트에 앉힐 때 아버지를 안고 움직였다. 그럴 때마다 차분하고 다정한 목소리로,

"아버지 저를 안으세요. 제가 움직일게요"

라며 아버지를 안심시켰다. 뻣뻣하게 굳어버린 아버지 몸이 남편의 두 팔에 감겨 움직이는 게 생경하면서도 아름다웠다. 남편의 벗어진 머리가 환하게 빛이 났고 괜히 눈물이 났다. 하니프 쿠레이시의 《친밀감》에 묘사된 것처럼 한 남자는 한 여자에게 중력과 빛을 선사할 수 있는데, 내게는 그게 남편이었다.

그러던 작년 여름, 아버지는 세 번째로 코로나19에 걸렸다. 병을 앓고 나서 식욕마저 잃어버렸다. 볼 때마다 바싹 말라갔다. 나는 일주일에 한두 번씩 요양원에서 아버지를 모시고 나와 근처 의원에 갔다. 수액과 함께 식욕촉진제를 처방받았다. 네 번 정도 수액을 맞은 후부터 아버지의 컨디션은 점점 나아졌다. 아주 조금씩 살이 올랐고, 몸이 회복되는 만큼 인지도 좋아졌다. 식사량도 약간 늘었다고 했다.

우파 아버지를 부탁해

그래서 그다음 주 평일 점심, 나는 요양원에 외출 신청을 한 뒤 아버지를 모시고 나왔다. 요양원 바로 앞 장어 전문점에서 손 여사와 나, 그리고 남편이 함께 식사를 했다.

"아빠, 내가 누구야?"

"우리 딸."

아버지가 턱짓으로 나를 가리켰다.

"그럼 이 사람은 누구야?"

아버지가 남편을 바라봤다.

"우리 사위."

묻고도 나는 깜짝 놀라 다시 되물었다.

"누구?"

"셋째사위."

아버지의 갈색 눈동자가 남편의 얼굴을 훑고 있었다.

"아버님 참 잘생기셨어요."

남편이 그렇게 말하자 아버지는 예전 모습 그대로,

"나는 그리 생각 안 하는데 사람들이 다 그러대"

라며 킥킥 웃었다.

그날 아버지는 밥을 두 공기나 먹었다. 나는 편식하던 아이가 입맛이 터져 양껏 먹는 걸 보듯 기뻐했다.

아버지가 남편을 알아본 건 그게 처음이자 마지막이었다.

우파 아버지를 부탁해

아버지에게 남은 가장 확실한 사건은 죽음뿐이다. 아버지는 점점 기억을 잃고 있고, 기억보다 더 많은 것을 잃고 있다.

2024년 1월 초 아버지는 폐렴을 앓았다. 가래가 끓는다는 요양원 간호사의 전화를 받은 나는 아버지를 모시고 나왔다. 수액 치료를 몇 번 해주었던 촉탁의가 있는 인근 가정의학과 의원에 갔는데, 폐 소리가 깨끗하다며 약을 주지 않았다. 그런데 며칠 후 열이 난다며 요양원 간호사가 응급실에 가볼 것을 권했다.

나는 아버지를 근처 대학병원 응급실로 모시고 갔다. 침상에 누이는 과정에서 간호사가 아버지를 짐짝처럼 다루는 걸 보고 너무 놀랐다. 얼굴이 위로 가도록 눕혀야 하는데, 얼굴을 바닥으로 향하게 하고 던지듯 밀어낸 것이었다. 내가 팔다리를 잡을 틈도 없이 순식간에 벌어진 일이었다. 너무 놀라 "아이구, 조심 좀"이라고 흘리자, 옆에 있던 다른 간호사가 "도와 달라고 하지 그랬냐"라고 했다. 아버지를 눕힌 간호사는 응급실을 나가버렸고, 나는 좀 황당했지만 계속되는 검사 때문에 별다른 말을 할 수가 없었다.

아버지는 흡인성 폐렴 진단을 받았고, 10일간 입원 치료를 받았다. 전해질 수치가 낮아서 수액 치료를 했고, 피를 네 팩이나 수혈했다. 다시 콧줄을 꽂았고, 소변줄도 꽂았다. 응급실에서는 보호자를 대기시키면서도 의료 행위에 대해 말해주지 않고 우선 진행해버린다. 설명하기에는 너무 긴박하다고 생각해서일까. 병원에 있으면 점점 날이 섰다.

처음 응급실에 들어와 급격히 상태가 안 좋아졌을 때처럼 아버지는 정신을 차리지 못한 채로 사흘을 보냈다. 나흘째부터는 의식이 좀 돌아왔지만 인지가 돌아오지 않았다. 면회 시간에 남편과 찾아가 아버지를 만났는데, 아버지는 나를 알아보지 못했다. 나는 아버지가 나를 알아보지 못한 날을 기록해두었다.

내가 내 이름과 아버지의 이름과 우리 둘 사이의 이야

기를 아무리 들려주어도 아버지는 계속해서 "몰라"만 읊었다. 그러더니 갑자기 엉엉 소리 내어 울기 시작했다. 뭔가 기억이 날 것 같은데 도저히 그게 뭔지 알 길이 없는 상태인 듯했다. 내가 나인 것을 아는 상태, 그게 아버지에게 빠져 있었다.

나는 형제들에게 전화를 걸면서 내내 울었다. 제발 아버지를 보러 와 달라고 했다. 이게 아버지를 보는 마지막 순간이 될지도 모르고, 아버지의 상태가 더 나빠지면 지금보다 더 많은 걸 기억하지 못하게 될 테니 그 전에 제발 와서 아버지를 봐 달라고 부탁했다.

아버지가 돌아가시더라도, 고독하게 돌아가시지 않았으면, 가족에게서 떨어져 고립된 채로 돌아가시지 않았으면 했다.

호주에 있는 둘째언니를 제외하고 가족 모두가 아버지를 뵙고 왔다. 그 덕분인지 치료 덕분인지 아버지는 차츰 회복해나갔다.

1월 17일, 요양원으로 돌아가기 전에 옷을 입히며 물었다.

"아빠, 너무 힘들었지."

"응, 죽는 줄 알았다."

"아빠, 미안해."

"뭐가?"

뭐가 미안할까. 다 미안했다. 형제들과 불화해서 미안
했고, 손 여사에게 아버지 간병을 안 한다고 윽박지른 것
도 미안했다. 술 취해 귀가하던 아버지가 사온 통닭보다
동네 '페리카나' 양념치킨을 더 좋아했던 게 미안했다. 그
때만큼은 페리카나 아저씨가 아버지보다 더 좋아 보였는
데, 그런 마음을 품었던 것도 미안했다.

에필로그

아버지는 경남 고성의 바닷가 마을에서 대처승의 막내아들로 태어났다. 동쪽에 별이 떨어지는 날이었다. 그래서 할아버지는 아버지의 이름을 '동성'으로 지었다. 아버지의 등에는 녹두알만 한 검은 점들이 북두칠성 모양으로 자리해 있는데 할아버지를 비롯한 가족들은 하늘에서 떨어진 별이 내려앉은 것이라 받아들였다.

　해마다 한 질씩 책을 사들였던 손 여사 덕분에 문고판 위인전을 많이 읽었던 나는 아버지의 등에 수놓인 검은 점들을 비상하게 여겼고, 언젠가 아버지가 세상을 깜짝 놀라게 할 사건을 벌일 거라고 상상하며 지냈다.

　아버지의 인생을 통틀어 세상을 깜짝 놀라게 한 일은 일어나지 않았지만, 내 세계 안에서 아버지는 언제나 놀라운 사람이었다. 속이 투명한 아버지는 자신의 희로애락을 감추지 않고 적극적으로 표현했는데, 나는 아버지의 그 맑은 감정들이 좋았다.

손 여사가 나를 낳기 전 배를 어딘가에 부딪힌 적이 있었다. 막달이었다. 다행히 나는 무사히 태어났지만 온몸에 시퍼렇게 멍이 든 채였다고, 아버지는 말했다. 그 말을 할 때마다 아버지는 줄줄 눈물을 흘리며 울었다. 태어나지도 않은 나를 아프게 한 것에 아버지는 진심으로 마음 아파했다. 내가 혹여 입술이라도 파래지면 아버지의 낯빛은 그보다 더 파랗게 질렸다. 어떤 상실을 걱정하고 두려워하는 눈빛을 나는 잊지 못한다.

아버지의 걱정 덕분인지 나는 무탈하게 잘 자랐고, 지금은 지나치게 건강하다 싶을 정도로 풍채를 키워 살고 있다.

나는 아버지가 어떤 상실을 두려워하며 나를 살폈던 것처럼, 그럴까 봐 겁먹고 울었던 것처럼, 아버지를 생각하면 눈물이 멈추지 않는다. 오래 병을 앓고 계신 아버지를 위해 어떤 게 편안한 삶인가 내내 고민하고 있지만 나는 아버지의 삶 너머를 상상할 자신이 없다. 그래서 바보처럼 울고만 있다.

아버지는 자신의 삶을 적극적으로 돌파해나갔던 사람은 아니었다. 경제 부흥기에 발 빠르게 움직여 대단한 재산 축적을 이루지도 못했다. 노년의 삶이 어찌 될 것인

우파 아버지를 부탁해

가에 대한 고민은 있었겠지만 이렇게 일찍 은퇴해 집으로 돌아올 줄은 예상하지 못했다. 죽음 또한 상상해보지 않은 영역이었다. 병원에 있는 동안 아버지가 자주 했던 말은 "죽고 싶다"였지만, 치료가 잘 진행되었다고 전해줄 때마다 안도의 한숨을 내쉬며 "죽을 뻔했다"고 속내를 드러내기도 했다. 나도 아버지만큼 겁을 먹고 산다.

나는 아버지 병구완을 하기 전까지는 바쁜 현재를 사느라 아버지의 노년은 물론 나의 노년에 대해 깊이 생각해본 적이 없었다. 적금 통장을 유지하는 정도로 노인이 되어 장애가 생길 나의 미래에 대비하고 있었다. 어떻게 죽을 것인지도, 그래서 어떻게 살 것인지에 대해서도 진지한 고민이 없었다. 그랬던 나는 아버지의 삶을 돌보며 내 삶을 돌아보고, 그보다 더 자주 미래에 대해 상상하게 되었다. 그리고 노년을 어떻게 보낼지 고민하면서 설계를 하기 시작했다. 존엄하게 사는 방법, 내 스스로 삶을 온전히 지탱할 수 있는 방법에 대해 구체적으로 숙고하게 된 것이다. 존엄하게 사는 것을 목표로 말이다. 삶의 마지막 순간, 죽음이라는 삶이 존재하기 때문이다.

죽음학으로 번역되는 타나톨로지Thanatology는 죽음이 내제된 생명학으로 정의된다. 타나톨로지를 통한 '죽음교육'은 존엄한 죽음보다 존엄한 삶을 목적으로 한다. 어떻게 후회와 절망을 느끼지 않고 삶을 마감할 수 있을지 고민하고 대비하게 한다. 1960년대 미국 미네소타대학에서 첫 강의가 시작된 이래 많은 연구자들이 죽음학 연구에 합류하고 있다. 2021년 우리나라의 배재대학교에서도 교육과정으로 채택하여 정식 학문으로서의 죽음교육이 시작되었다고 한다.

이 책의 원고를 쓰면서 내가 붙였던 첫 제목은 '나의 아버지는 병원에 산다'였다. 2020년 12월 대학병원 응급실에 들어간 아버지는 대학병원과 재활전문 요양병원을 거쳐 현재는 요양원에서 지내고 계시는데, 그런 아버지의 실존적 상태를 드러낸 제목이라는 생각이 들었기 때문이다. 나는 그 제목을 달아놓은 채 원고를 써내려갔다.

　원고는 쉽게 마무리되지 않았다. 아버지가 여전히 병원에, 요양원에 계시기 때문이었다.

　2024년 3월 11일 낮에 요양원 담당 간호사와 통화했을 때, 아버지의 몸무게가 그새 2킬로그램이 빠져 44킬로그램이 되었다는 소식을 들었다. 간호사는 아버지의 상태가 그렇게 좋지도 나쁘지도 않지만, 노인의 건강은 장담할 수 없는 일이라 걱정이 많이 된다고 했다. 최선을 다하고 있지만 아버지는 기력을 잃고 계시다고 말이다.

　"제가 뭘 더 할 수 있는 게 없을까요? 캔으로 식사하실 때 영양제 같은 것을 넣어드릴 수는 없을까요?"

라고 조심스럽게 물었다.

프로틴 파우더가 있으니 그걸 보내 달라고 했다. 그러면서도 이런 것들이 드라마틱한 효과를 낼 수 있는 건 아니라고 덧붙였다. 나는 조금이라도 아버지의 몸에 보충이 될 수 있기를 바라면서 간호사가 말한 제품을 주문했다.

단백질 파우더를 주문해 보냈다는 소리를 들은 지인은 이것도 "이제 곧 끝날 일"이라며 내게 "그간 고생했다"고 말했다. 아직 일어나지도 않은 일인데도 과거형으로 표현했다.

실제로 나는 아버지 병구완을 하면서 "나이 드셨으면 어서 가셔야 젊은 사람이 살지. 젊은 사람 발목을 너무 오래 잡고 계신다"고 쉽게 말하는 사람들을 생각보다 많이 만났다. 아버지가 돌아가셔야 내가 사는 것인 양 여기는 말들이 가혹하게 다가왔다. 도착하지도 않은 죽음을 당겨서 실행하고 있는 그들의 말이 너무 잔인하다는 생각을 하기도 한다. 그런 말을 들을 때마다 나는 아버지의 존엄한 죽음에 대해 반대한다고 말했다. '존엄한'이 붙은 죽음은 현실의 여러 다른 죽음들을 존엄하지 못한 것들로 치부시키기도 하니까. 또, 존엄을 강요하는 것처럼 느껴지기도 하니까. 존엄과는 상관없이 어떻게든 생을 연명하고 싶은

욕망을 '존엄'이란 이름으로 내리눌러서는 안 될 일이다.

나는 지인이 독하고 모질어서 그런 소리를 한 게 아님을 안다. 어느덧 초고령 사회에 진입해 인구의 20퍼센트가 노인이 된 나라, 대한민국에서는 병든 노인에 대한 안타까운 이야기들이 식상할 정도로 많기 때문에, 노인 돌봄 현실에 봉착한 나 같은 사람들에게 일상적이며 관습적인 방법으로 공감해준다는 것도 알고 있다.

그런데, 그런 공감은 이제 정말 괜찮다.

나는 아버지의 삶에 더 관심이 있기 때문이다. 아버지가 고통 속에서 겨우 버티고 있는데, 그 고통에서 놓아주는 게 나은 선택이 아니냐고 묻는 이들도 있었지만, 내가 단정할 수 있는 범주의 선택이 아니다. 아버지는 나를 만나면 여전히 내 손을 잡고, 내 눈을 마주하며, 당신의 생존을 생생히 밝히고 있으니 말이다.

나는 아버지의 생이 얼마나 남았든, 내가 할 수 있는 일들을 하려고 한다. 그래서 아버지를 부탁하고 싶다. 나를 "좌파 고양이"라고 부르는 우파 손 여사에게, 이제는 속수무책 멀어진 자매들에게, "우파 고양이"인 아버지를 부탁하는, 사소하지만 결코 사소하지 않은 그간의 속내를 이야기하고 싶었다. 우리가 이렇게 다르지만, 다름 이전에 우리가 공유해야 하는 당연한 의무와 감정이 있음을 잊은 건 아닌지 환기시키고 싶었다.

또한, 나의 아버지와 같은 위 세대를 더 젊은 세대에게 부탁하는 마음을 담아내고 싶었다. 돌봄 현장에서의 노인 혐오와 인간 존엄이 배제된 구조를 보다 현실적인 차원에서 더 많은 사람들이 들여다보길 바라는 간절함을 공유하고 싶었다. 아주 개인적인 경험이지만, 우리 세대의 보편적이며 구체적인 기록일 수 있는 이야기이기 때문이다. '기록서사'가 되기에는 한없이 부족하지만, 그러한 기록에 가깝기를 바라면서 나는 나의 우파 고양이, 아버지를 부탁하는 이야기를 써내려갔다.

나의 헤밍웨이, 나의 윌리엄 포크너, 나의 마루야마 겐지, 나의 로맹 가리, 나의 존 쿳시…. 나의 아버지 동성 씨의 말을 끝으로 이 이야기를 마무리하려고 한다.

"내는 니를 사랑한데이."

감사의 말

책이 나오기까지 많은 시간이 걸렸다. 그만큼 많은 분들의 에너지가 실렸다. 이 책에 멋진 추천사를 써주신 김선민 원장님께 깊은 감사를 보낸다. 원장님의 문장이 보태지니 내 글이 한결 나아 보였다. 기분 탓만은 아닐 것이다. 우정과 애정을 담뿍 담은 추천사를 보내주신 홍용호 감독님과 소설가 우다영에게도 감사의 인사를 전한다. 세 분의 응원 덕에 세상을 뚫고 나갈 큰 힘을 얻었다. 그리고 열 번도 넘게 원고를 갈아엎느라 긴 시간을 보냈는데, 그동안 묵묵히 기다려준 출판사에도 감사를 전하고 싶다.

그리고 더 이상 홀로 밤새우지 않도록 곁을 지켜준 편육스님과 고양이 바라에게 내 뜨거운 심장의 언어로 사랑과 고마움을 전하고 싶다. 오래오래 내 왼쪽과 오른쪽을 채워주길 바라고 또 바라본다.

우파 아버지를 부탁해

소원해진 나의 자매들에게도 미안한 마음을 전하고 싶다. 소식이 닿지 않은 시간 속에서도 나는 언니들과 막내를 내내 그리워했는데, 제대로 그런 마음을 표현한 적이 없었던 것 같다. 가족 앞에서는 그런 마음들이 말로 만들어지지 않았으니까. 먼 곳에서 살든, 가까운 곳에서 살든 내내 건강하고, 평안하기를 빈다.

　마지막으로 간절한 마음으로 가족 누군가의 손을 잡고 계실 독자분들과 그 가족분들에게 안녕과 평화가 함께하시길 빈다. 온 우주의 기운이 가까이 모여 병상에서 번쩍 일어날 우리의 가족들을 간절하게 상상하며 한없이 부족한 이 글이 조금이라도 위로가 되기를 희망한다.

참고문헌

'건강보험 보장 강화 정책' 발표문 일부, 2017년 8월 9일

《고백》, 미나토 가나에 지음, 김선영 옮김, 비채

《그 여자는 화가 난다》, 마야 리 랑그바드 지음, 손화수 옮김, 난다

《남편의 아름다움》, 앤 카슨 지음, 민승남 옮김, 한겨레출판

《내가 보고 듣고 깨달은 것들》, 조르조 아감벤 지음, 윤병언 옮김, Critica

《노인을 위한 나라는 없다》, 코맥 매카시 지음, 임재서 옮김, 사피엔스21

《단순한 열정》, 아니 에르노 지음, 최정수 옮김, 문학동네

《레이먼드 카버: 어느 작가의 생》, 캐롤 스클레니카 지음, 고영범 옮김, 강

《레이스 뜨는 여자》, 파스칼 레네 지음, 이재형 옮김, 부키

《미움, 우정, 구애, 사랑, 결혼》, 앨리스 먼로 지음, 서정은 옮김, 웅진지식하우스

《사무원》, 김기택 지음, 창비

《슬픈 인간》, 나쓰메 소세키 외 지음, 정수윤 엮고 옮김, 봄날의책

《시골 생활 풍경》, 아모스 오즈 지음, 최정수 옮김, 비채

《암 연대기》, 조지 존슨 지음, 김성훈 옮김, 어마마마

《어떤 글이 살아남는가》, 우치다 다쓰루 지음, 김경원 옮김, 원더박스

《웨이싸이드 학교 별난 아이들》, 루이스 새커 지음, 김영선 옮김, 창비

《은밀한 생》, 파스칼 키냐르 지음, 송의경 옮김, 문학과지성사

《이기적 유전자》, 리처드 도킨스 지음, 홍영남·이상임 옮김, 을유문화사

《존재의 세 가지 거짓말》, 아고타 크리스토프 지음, 용경식 옮김, 까치

《직업의 광채》, 토바이어스 울프 외 지음, 리처드 포드 엮음, 이재경·강경이 옮김, 홍시

《친밀감》, 하니프 쿠레이시 지음, 이옥진 옮김, 민음사

《픽션들》, 호르헤 루이스 보르헤스 지음, 송병선 옮김, 민음사

《허삼관 매혈기》, 위화 지음, 최용만 옮김, 푸른숲

우파 아버지를 부탁해

초판 1쇄 2024년 3월 20일 발행

지은이 김봄
펴낸이 김현종
기획편집 유온누리 디자인 김기현
마케팅 최재희 안형태 신재철 김예리 경영지원 이민주

펴낸곳 (주)메디치미디어
출판등록 2008년 8월 20일 제300-2008-76호
주소 서울특별시 중구 중림로7길 4, 3층
전화 02-735-3308 팩스 02-735-3309
이메일 medici@medicimedia.co.kr 홈페이지 medicimedia.co.kr
페이스북 medicimedia 인스타그램 medicimedia

© 김봄, 2024
ISBN 979-11-5706-347-5 (03810)